九重葛与美少年

李渝　著

九州出版社
JIUZHOUPRESS

推荐序

最后一朵的火焰：读李渝《九重葛与美少年》

钟秩维（台湾大学文学院博士后研究员）

　　小说家李渝在二〇一三年夏日推出了全新的小说集《九重葛与美少年》[1]，辑录了李渝自第一篇小说《水灵》（一九六五）以降，各个阶段的作品；这些作品大都历经了反复的改写，甚至重写，小说家的用心和坚持可见一斑。《九重葛与美少年》故而可谓是一本从头、重新写起的小说集。而不论就内容本身的完整度，或者形式、叙述方法的突破性，它都堪列入今年度（二〇一三），甚至新世纪以来的华文小说中最有原创性的作品之林。

　　倘若要简单概括《九重葛与美少年》的特色——本小说集是一次文字和形式都高度知性化，叙述在乡愁的反思与重新记忆的政治之间辩证、推进，故事境界从而被引领

---

[1]　李渝，《九重葛与美少年：李渝小说十五篇》（新北：印刻，二〇一三）。

至抒情时刻的领悟之小说书写——大概是再贴切不过的说法。这里所谓的"反思"与"重新记忆"包括了透过外省族群／离散／学院精英／女性的视角，回过头来述说五六十年代的台湾往事（例如《给明天的芳草》《收回的拳头》）、七十年代海外"保钓"运动的经历（《待鹤》），乃至当代台湾各种光怪陆离的社会现象（《三月萤火》和《海豚之歌》等等）。而与此同时，李渝亦频频重访其人以前的小说坐落过的场景，《九重葛与美少年》中的有些桥段甚至是由小说家过去作品的情节重新编写而来——比如《待鹤》一篇，罹患精神疾病的"我"辗转求医、屡见精神治疗奇观的历程，早期小说《夜煦》（一九八九）其实已经有颇为类似的记录——借由诸如此类的重返、反省，李渝显然很有意识地在"拉长视的距离"，以求将闪现于生活的长河中之爱的轨迹与启示，"离去了猥琐，'转成神奇'"[1]。总而言之，《九重葛与美少年》中"重新记忆"的程序使得这部小说集核心的地景，"温州街"，成为重层的、纷纭的大小叙述相互阐发的一个"时间的地点（spot of time）"[2]；叙述游走

1　李渝，《无岸之河》，《应答的乡岸：小说二集》（台北：洪范，一九九九），页九。

2　"时间的地点（spot of time）"是英国浪漫派诗人威廉·华兹华斯（William Wordsworth）的说法，见如其之《序曲》（The Prelude）。

于这些牵连在一起的线索之间，一方面向外（台湾文学，以至于台湾史），另一方面亦向内（李渝个人的写作史，乃至小说文本自身）折叠出复杂的皱褶。

而再次却顾所来径，李渝此番投注了更多的视线在比较庶民，或者说底层的面向上；比如《收回的拳头》与《似锦前程》里对于温州街的违章建筑，垃圾小山的景象和气味，与日常生活中的交通工具及面包西点等之交代。同时叙述者也悄悄提醒读者，行走于温州街甚至可能遭遇色情危机的！包括蛰伏在角落的露阴狂，乃至公车痴汉鬼祟的揉挲等下流行径，也都是五六十年代温州街都市风景线的一拼图。同样的日常观照也作用于小说所呈现的当代浮世绘——《九重葛与美少年》的内容似乎也是第一次，李渝小说的主题这样地贴近当下时空环境的动态——《三月萤火》述说流连咖啡馆的中年编辑，其人事业之失志及婚姻的失意；《建筑师阿比》揭露了美国社会对于弱裔族群的歧视，乃至于性别偏见；《待鹤》叙述者"我"在精神科诊接连遭遇的荒唐失序；《丛林》呈现今日台北都会的生活实态从粗野到细致的品味光谱；至于《海豚之歌》则是批判水族馆的机械化管理，以及百年仪典之大而不当——凡此种种都直接暴露了太平洋两岸其当前此刻的社会矛盾。而就着这份对于当代处境性的认知，李渝为《九重葛与美少年》沉淀下底气——索漠的余生、世代的速迭、意义的消殒，以及最重要的，书写的徒劳。

彰显了这层底气，始能见出李渝"重新记忆"工程的深沉寄托。简言之，小说家之意图不仅是在当代各种意识形态的视域之外，再做私家版本的温州街史料补遗；相对地，其人的志向更在于两个方面——其一是对"现代史"提出另类的（alternative）认识论方案；其二则关系到当前此刻的文学处境，李渝要问的是"写作"在一切都朝视觉（化）转向的现在，它仍有什么样的可能性。李渝以小说写下一个又一个当代"传说"作为她对这两个大哉问的回答。扼要言之，辑录在《九重葛与美少年》之中的小说有一些共通的特质，包括它们都带有某种超现实的诡谲元素，或者说都沾染着"传奇"的色彩；而之所以如此，是因为在"重新记忆"的过程中，辗转流连于不同的个体之记忆，报刊史料、研究论著等大小叙述之间，孰为"真"、孰为"假"早已模糊了界线。而处在这个失焦的点上，李渝志不在新探"真实"或／与"虚构"的老问题，也不乐意加入后现代对于本源、对经典的耍玩。对治中国艺术史的李渝来说，真真假假何尝是在当代才变得难以区辨？早在十二世纪宋徽宗的《瑞鹤图》里，纪实或者幻想就已经是疑点重重。然而"当神话和现实同时出现而无法辨分时，艺术家以真实明确的图录绘述感动"，确实"为我们留下了不朽的祝福"[1]。换言之，在李渝看来，孰真孰假不只是延宕写作——写作对其人而言，更是一种介入性的"行动"[2]——的语意游戏，它更是灵感能够启动的契机；而是假是真其实也不妨碍抒情时刻的达成，重点在于吾人是否仍信任亲眼所见、亲身经历的感动。

这份感动或可被称为力比多（libido）或者情动力（affect），在《九重葛与美少年》的小说文本中，它常以某种情感、情色，或情欲（但不同于前述的色情）——以下权以"爱欲"统称——的迷魅诱惑来曝现。例如《丛林》，这个故事一方面讲述"我"少年时曾前往美军"招待所"应征工作的叛逆行为；而另一方面，启动"我"追索这段记忆者，乃是声称来自台北林森北路的台美混血儿福克纳，故事时间的当下他刚刚抵达美国，打算寻找未曾谋面的非裔生父。又或者如《三月萤火》中的男性被叙者，与《偶人仿生》里偶人柳，其之英挺的身体感与俊美气质所激荡升起的爱欲想象，分别是激励漫长余生（前者），与接续被湮没的历史（后者）之推动力。而最能说明《九重葛与美少年》所展现的爱欲及其效果的小说当是《夜渡》。这篇小

1　李渝，《待鹤》，《九重葛与美少年》，简体版页十九。

2　李渝，《抒情时刻》，《行动中的艺术家：美术文集》（台北：艺术家，二〇〇九），页四～六。

说讲的是叙述者"我"在田野现场与各种文献论述中穿梭，以求解释中国西南水域源源不绝的自杀现象之故事。小说的末尾，李渝写道——

　　环绕史政经社等等论述的大道理是否触及的都是事态的表层，那内在的迹象、隐藏的冲动，其实不过来自一种天生的性情、直觉的感受、自然的生活，来自一种简单的宿命论，和由这些种种酝酿而成的抑郁症呢？[1]

　　但是，这样的宣称不意味客观意义上的实际从此不必认真计较，写作只要单纯诉诸直觉，或者凭借感性就大功告成。恰恰与此相反，《九重葛与美少年》不论就文字质地而言，或者从叙述的方式来看，都有一股隽永的知性力量作为其支撑。而这里所说的知性指的不单单因为李渝在行文的字里行间穿插了丰富的跨领域知识性素材，它更由写作者的李渝将这些被征引的知识与小说中的其他元素——如那股启动叙述的爱欲——综合在一起的心智的想象力来彰显。例如以下这一段来自《建筑师阿比》的文字——

1　李渝，《夜渡》，《九重葛与美少年》，简体版页九一。

　　阿比设计出螺旋式升级法，用精密的数字计算出砖石向上叠高时，层与层之间可容许的细微错差，层层连续延进、相互依搭，渐次凌空而升，形成无梁覆斗形结构。[1]

　　与其说这段文字的知性气质是由于作者套用了建筑学术语如"〇〇升级法"或者"××形结构"——生硬地堆砌这些术语反而可能造成刻意炫学的恶效果——不如说它其实显示在李渝将这些专业词汇与叙述"层与层"的其他部分，"连续延进、相互依搭"地综合出一种纵横上下的空间感之心智的想象力。这份心智的想象力落实在文学实际运作的层面上，大概可以所谓"陌异化"（defamiliarization）来观察。而李渝在这里所操作的陌异化方法让人联想到她自身艺术史专业的训练。就以上面列举的这一段文字而言，一方面，李渝叙述的意图不只是再现（represent）一个建筑的实体，而是将这一实体当作一个画面在描述（descript）。另一方面，古典中国美术批评语汇的诗意性相信也在李渝勾勒、描述空间时，提供给她许多的灵感；这一点在《待鹤》描写风景，以及《倡人仿生》状写偶人的段落中展现得更加清楚。三者，上面列举的来自《建筑师阿比》的引文，其中经营画面的手法也可以辨认出中国古典文学构造

1　李渝，《建筑师阿比》，《九重葛与美少年》，简体版页一三四。

空间（画面）——尤其名山丽水、亭台楼阁——之套式影响的轨迹；而类似的文体风格其实散见于《九重葛与美少年》许多段落，譬如《夜渡》有关"玉龙山"及当地服饰、习俗的录述，《待鹤》描述《瑞鹤图》与不丹山川的段落，乃至《三月萤火》所呈现的崇山峻岭的视景。

进而言之，知性的、心智的想象力在《九重葛与美少年》中还发挥着更整体性的作用。这本小说集涉及许多带有悬疑、色情以至于异国情调的题材，比如《丛林》里那对来得毫无头绪的情侣，《亮羽鸪》在野外激情的红衣女与黑人士兵，《夜渡》中"我"巧遇了一对不知是偷渡客，还是精灵神怪之谜样"母女"，更遑论《待鹤》那一趟航向遥远、未知国度不丹的旅程。换言之，就故事层面来说，《九重葛与美少年》毋宁游走在志怪，甚至猎奇的缘侧；不过李渝的叙述总能够在情节就要流入通俗、走向滥情的当口及时悬崖勒马，婉转将叙述宕开，"再次达到精神方面的强度而使人感动"[1]。而之所以能够在擘画冲突的戏剧性之外，还能达成某种拔升、超越，"观点"的有意操作无疑扮演着重要的角色。"双重性"或甚至"多重性"大概可以被提出来当作《九重葛与美少年》叙述观点最显著的特征——"双

---

1 李渝，《跋：最后的壁垒》，《九重葛与美少年》，简体版页二六〇。

（多）重性"在这里指的是说故事的视角常常在偷窥的挑逗、告白的暴露，以及"拉长视的距离"的分析性这（至少）两重层次之间做参差对照——而观看的双（多）重性一方面将情节的轴线不断在诡奇与理智、浪漫和知性、堕落及升华乃至庸俗与不凡等各种端点之间交错、衍生，以至于跨越、超越；换言之，它的意图不满足于故事既有的格局，而更朝向新局面的展开。用李渝自己的话来说，就是经由"多重渡引"，使得"日常终究离去了猥琐，'转成神奇'"[1]。另一方面，就叙述的特征来看，在"转成神奇"的程序中发挥关键性作用的"拉长视的距离"，它在叙述中通常表现为一种跳脱故事本身的抽离，一种延宕情节之往前推进的出神。而伴随着从情节发展的因果律中抽离、逃逸，叙述不再只是为交代故事来服务，它开始有了"抒情"的余裕。

以《明天的芳草》为例，这篇小说由"九重葛"及"美少年"两章构成——而这似乎就是小说集名之所由——各自述说了发生在温州街的一起桃色风波和一则（情）谋杀疑云。换言之，在题材的层次上，《给明天的芳草》很符合前面谈到的《九重葛与美少年》的典型选材，悬疑与色情。而为求发酵悬疑与色情绯闻的原料，李渝大篇幅地将

1　李渝，《无岸之河》，页九。

事发当场各阶层、各种类的众口铄金统统网罗在一起，从而展示了一时空、一社会是如何地被蜚语流言的乱流牵动起压抑在其之深层的不安与焦虑。不过《明天的芳草》的叙述观点不愿意充当个随舆论起舞的流俗看客，相反地，它的视角始终维持着旁观的警醒、透彻，叙述者或者尾随、旁观奇情故事的发生，间或也澄清、说明八卦怪谈的原委。而更重要的是，与此同时，《明天的芳草》的叙述观点亦不间断地将视线投向非关事件发展的——比如花草（九重葛！）、穿着打扮（美少年！），乃至季节交替的体感，雨晴和晨昏的光影变化——大小细节之上，而且就着这些那些岔出情节因果律的风景与物件，感官的印象和记忆的轨迹，进行不惮其烦的描述，与审美的评点。而这些看起来无关主题宏旨的枝节，究其实质，才真正是小说家李渝用心的所在，她的作品之所以发人深省的根源。首先，当读者疑惑何以那么认真地描述这些与主题无涉的插曲的时候，难免也会纳闷，难道城西大户人家的二姨太与她的女儿情色丑闻的真相，或者某将军的儿子到底是不是同性恋，就担当得起"宏旨"之名？这里毋宁存在一个反讽，透露着李渝对"戒严"时代台湾公共圈欠缺判断力的盲目躁动之批判。认识到这一点，那些跳脱到故事情节之外的出神的视线，其之不凡的意义遂也浮现出来——透过这一出神的引导，叙述观点始能从众声嘈杂的耸动故事里退场，转而朝着抒情的飞地（lyric enclave）走去[1]；而随着叙述观点这一改道，小说家毕竟给予了在长满"九重葛"的庭园里，不为人知的"光阴的流逝和累积"[2]，得以被看见的可能；"美少年"胸口"那一朵悲伤的花样"，也终于能够表述它自己[3]。在这个意义上，"九重葛"与"美少年"实可视为蛰伏在本小说集内核的"爱欲"它范例性的意象；而这一意象的可以成立，就是因为叙述观点所留下的抒情的余地。

　　循此以下将进入对于《九重葛与美少年》所展现的抒情性的讨论。前面业已述及，这部小说集的观点以一种双重性的方式在运作，而它实际运作在叙述上，就体现为知性的心智力量与感官、情感的爱欲，二者总是相互阐发、彼此牵连。《待鹤》这篇作品最深刻地演绎了这一双轨运作。就主题的层面来说，《待鹤》牵涉的题材广泛，含义深邃；表面上它触及了国族、生态与医疗等议题，不过究其实质，叙述者"我"上下穷索的是爱、死亡和写作的哲学。在某种程度上，李渝是以《待鹤》纪念了与丈夫郭松棻（一九三八～二〇〇五）的爱情——郭在妻子赴香港讲学时

1　借用萧驰（Xiao, Chi）教授的术语。See Xiao, Chi. The Chinese Garden as Lyric Enclave: A Generic Study of the Story of Stone. (Ann Arbor, Michigan: The Regents of the University of Michigan, 2001).

2　李渝，《明天的芳草》，《九重葛与美少年》，简体版页七八。

3　李渝，《明天的芳草》，简体版页八四。

在纽约遽然离世，对她造成了难以言说的怆痛——《待鹤》
为李渝在郭松棻过世以后，第一次在小说中写下"松棻"
的名字，这使得这篇作品具备了"哀悼"（mourning）的仪
式性意义。而或许因为叙述者"我"亟欲沉淀、澄清爱人
的死亡所造成的混沌，乃至于忧郁（melancholia）；或许也因
为李渝其实不曾实际到过作为故事主要场景的不丹，小说
对于不丹的呈现纯粹是纸上的谈兵——《待鹤》推动叙述
的方式高度倚赖对于知识性素材的编排、解说，以及对于
人间、人的处境性的思辨。但是，即使叙述者的心智的力
量推演到极致，"我"依旧无从消解不丹人向导突如其来的
坠谷意外所引起的歉疚（症结 1）；仍然无法有效回答跳楼
自杀的医预科生诱发之："那么，无是什么，有是什么?"[1]
的天问（症结 2）；更不能从精神崩溃的危境中挽救回"我"
自己（症结 3）。面临着情节再往下一步就要无以为继的紧
张，《待鹤》借由带动叙述观点看向——宛若沈从文《丈
夫》般的温馨画面（方案 1）；"松棻觉得《金阁寺》写得很
好，可是更喜欢谷崎的《春琴操》。"[2]之默契灵犀（方案 2）；
和"还有谁，是松棻呢。"[3]这样泯除生死疆界，在梦境、文

1　李渝，《待鹤》，简体版页四七。

2　李渝，《待鹤》，简体版页四八。

3　李渝，《待鹤》，简体版页五八。

学的乡域里终始如一的依偎陪伴（方案 3）——这些无法
为理智囊括、解释的爱欲情动力，才终于牵引叙述走出情
节陷入的僵局，重新启动对于山川万物、悬崖金顶的描述、
评析，循此再次擘画了一片抒情的飞地。

　　在这里，故乡（温州街）与爱人（郭松棻）可以重新
被记忆，而引领"我"跨越忧郁、超越猥琐——"你可以
原谅你自己"[1]——迎接自我更新、拔升的"抒情时刻"[2]。在
《九重葛与美少年》后记《最后的壁垒》中，李渝自觉而且
非常沉重地表达了在新媒体时代的当前此刻，写小说，或
许也包括了读小说，它的其实不是非如此不可。不过正是
因为坦然接受了"小说"，以至于"文学"的可有可无，仍
坚持走在写作的道路上所意味的，遂也就是自己对于文学
不随时空条件改变而消失的使命与信任。在这个意义上，
"最后的壁垒"不啻为一个小说家之风骨的比喻，它总结了
《九重葛与美少年》所展现的，对于文学还是为抒情保留着
余地的相信：

　　　就算是最后的一朵火罢，就算是最后一朵火的最后燃
　　烧，就算是黑夜将吞噬大地，全世界都将沦陷或早就沦陷

1　李渝，《待鹤》，简体版页五八。

2　李渝，《抒情时刻》，页四～六。

了，也不会放弃对美德的执守，在晦暗中倔然地燃点着。[1]

　　书名《九重葛与美少年》并列的两个意象其实就象征着那朵在一切都已（将）沦陷的暗夜中，仍兀自燃烧、倔强着不愿熄灭的爱欲火焰——那即使处于浊流、逆境，也还是怀抱着他方的抒情意向。

1　李渝，《待鹤》，简体版页五二。

目录

待
鹤

一、鹤的传闻

据说每年秋冬交替的时候，喜马拉雅山的黑颈鹤飞过丛山峻岭，迢迢南来不丹越冬，路上在固定的一天，总会停歇境内西北山区的一座寺院，绕着金色的屋顶匝飞三圈。

这样的传说不禁使人想起了一幅图画，宋徽宗赵佶的《瑞鹤图》来。

现藏中国辽宁省博物馆的《瑞鹤图》，画的正是鹤群翱翔在宫门脊梁上的景象。图取绢本册页格式，墨笔淡彩，屋顶使用一整片的石青，晚空渲染出薄薄的霞晕，鹤身敷粉，眼睛生漆点染，充满欢欣的生机。小小一幅轴页有画有书有文，画是精致的院体工笔，书是峻艳的瘦金，文是雅致的叙事与诗，工丽不媚人，颓废中见峻峭的艺术家气质，展尽了徽宗傲然千古的艺术成就。

画家自己在跋中记录，壬辰上元节的第二天，近夕时分，突然祥云郁郁然生起，低低掩映在端门的上空，众人都抬头仰望，倏时飞来一群鹤，鸣叫着。其中有两只对立停驻在梁脊的鸱尾，很是闲逸的样子，其余的翱翔在空中，好像顺应了某种韵律似的来来往往，舞出各种美丽的姿势。瞻望着的都城人民莫不惊叹。鹤群盘旋，久久不散，终于向西北天隅迤逦而去。画家很是感动，为此起笔画图，书跋，并付赞诗。

绘图并记事，图文皆茂，在影音科技尚未出现的十二世纪二十年代，《瑞鹤图》不啻是一节精彩的影视短片了。不丹人民相信黑颈鹤是引渡苦难、带来福赐的吉祥鸟，身处大灾难中的徽宗画众鹤飞临宫城，描写自然与人间互动的祥机，想必也分享了一样的祈盼罢？

那一天，北宋政和壬辰二年上元次夕，公元一一一二年阴历正月十六日，都城汴京，鹤究竟有没有来访？或者说，《瑞鹤图》的确是目击纪实，还是浪漫的想象？是徽宗真迹还是代笔？没有人能明确知晓。画家观察入微，仔细描绘出每一片瓦每一簇羽毛，每一个飞翔的姿势，就是提供了凿凿的证据了。十五年后，靖康二年西元一一二七年，金兵攻陷汴梁，徽宗被掠而去，内外构造如此精致的人被押送到荒野的乌龙江，囚禁八年而病终。北宋在徽宗御下结束，历史给以一代昏君的毁称。其实徽宗自然是不昏的，他是时间和精力全用去艺术活动上而顾不及政治了，从艺术的角度来看，誉之为艺术的献身者恐怕还更合适些呢。数历史悲剧人物，生错时代和身份的徽宗要算是其中佼佼的。

然而定点在这一绮丽的黄昏，刹那的一个时空，当神话和现实同时出现而无法辨分时，艺术家以真实明确的图录绘述感动，为我们留下了不朽的祝福。

二、不丹公主

三年前我的小说课来了一位很特别的女孩子，油亮的一条辫子拖到了腰，总穿着像是手工织作的长裙，颜色搭配得好看极了，在把牛仔裤和黑衣系列当制服一样穿的学生们中间，显得袅娜有姿。我没见过她化妆，干净的单眼皮，小巧的嘴和鼻，笑起来十分秀丽。就亚裔来说，她的肤色比较深，本以为混了印第安人血统，后来才知道她是不丹来的留学生，皇族的一个女儿。

放假前一天罢，她来交功课，这回裙子又是美不胜收，绛红色的绢面上或织或绣着缤纷的花卉飞鸟等，简直是幅织锦图，鸟羽的部分只让人想起"巧夺天工"的话来，我禁不住一看再看，连连称赞。

是哪一种鸟呢？我问。

是鹤，她回答，不丹常见的鹤呢。

后来我之能进入当时仍被不丹列为禁区的西北山区，就是因为有这位公主学生替我办好了入境许可的缘故。而行程的主要目的，不瞒你说，莫非是想亲眼看见传闻中的鹤群飞抵寺院时，那翱翔金顶一如古画般的景象了。

三年前的旅行在时间上安排得不理想，而且中途发生了一起事故，路程没有走完就匆匆结束回返，愿望并没有达成。

　　有上一次经验为戒，这一趟再去，自然要计划得周全些。我先跟国际鹤协会查问到今年鹤至的时间——十一月七日到十二日，反正我这学期请假，时间上可以配合了，于是我便厘定行程上报学校。校方却希望我打消主意，担心的是，现在游击队正在喜马拉雅山南麓活动频繁，如果误撞进范围，莫名其妙地万一被劫持，引发当今常见的人质事件，就是没有必要又无法担当的了。

　　这当然是不可能的，不过我还是找出了不丹公主的邮址。毕业以后她没有回国，在曼哈顿下城的服装设计界开始了自己的事业。公主一口答应帮忙，提供一封官方承诺协助和保护的信件，学校也就勉强同意了。

　　十月底，跟随本校电影系纪录片摄制小队，我再一次飞向亚细亚，经尼泊尔从加德满都转入不丹。

　　从机场到城市的路上满见国王像明星一样的照片，的确是位被媒体频频美誉的英俊国王呢。深受人民爱戴的他却不想再管事，颁下了全民普选的命令，全国将在明年春三月举行历史上的首次民主选举，古老的国家就要从世袭君主制向议会民主转型了。不丹的历史自然也是有战争、暴动、镇压、暗杀等等，而被理想化为"最后的香格里拉"的同时，也是贫富差距很大，被国际谴责执行种族清洗政策、迫害移民等，不少异议人士仍流亡在国外的。

　　公主果然有法，当局送来二名特陪，一切手续都先代为办好，只要付费即可。为了应付国家旅游政策每日最低美金二百元消费量的规定，我们都多带了现款，后来果真派上了用场。

长途飞行虽然疲累，为了节省时间，歇息一会后大家便决定上山，因为我有私事，就留下一位陪同在山下多待一会。

是的，除了看鹤，除了为新近公开的一批窟藏绘画存档以外，我还有一件事要办理——探访一位当地女子，一位向导的妻子。

记忆因重回地点而翻新，三年前还没有现在这种公路，多是凿壁而成的坡径，说是走路，不如用跋涉来形容还更恰当。

领队的向导探路在前，失脚落下了深谷。

记得那天的前一夜下了雨，第二天天气却很好，几天不散的薄雾都消了。两位导路是熟知地形的本地青年，走在一前一后。当时天气晴朗，山川明净，一切都很顺利，却不知危机四伏。也许是雨后石滑，也许是岩块松动，也许是人有差池，突然前边一位身子一歪，失去平衡，斜倒下来，眼睛都还不及追，只听见一声喊叫，就翻滚下了陡壁。一乍时人人怔在原处，失去反应的能力。电影上才见得的惊恐镜头真实出现，就在身边眼前，快速而突兀。没有人能开口；一声嘶喊的尾音如同警讯一般回颤在峡谷中。

队伍匆忙和救援取得联络，紧急寻找到坠落的地点，用担架送到了急救站，可是情况已经是无济于事了。以下的一程真像梦魇一般，不幸消息必须带给待归的妻子——听说他们新婚不久。

车开到村里，妻子已站在屋舍前。旅行社人员急走上前，用本地语还没说一两句她就面露惊慌，勉强再听到某处，不等对方说完就放声大哭起来，哭到弯下腰，坐下了地上。我们狼狈极了，束手无策，想伸手去拉又感到一无是处，本以为有心理准备的，一旦来到眼前却完全不知所措，没有人知道怎样去安慰才合适，愚蠢又无力极了。

车停在晒谷场边时，村人已在等着，这时聚拢过来，围住了我们。黄昏时分，地面失去光度，人脸的五官晦暗在影里，一张一张干黄又陌生的脸，浪漫人类学者式的玫瑰色眼睛看去的虚相不见了，现出的是偏远贫穷地区的真实生存情况。脸上的表情难以揣度，是同情、怜悯？嘲讽、威胁？是难测的深沉？还是粗钝和无知？似乎都不是，张张的脸上都像戴着面具，回到人类跟兽类没有分别的默然与漠然的生理本质，其实是探察不出表情，没有表情的。

我突然害怕起来，一阵恐惧涌上。这身边围着的一圈人，难道他们究竟要自己动手来处理事情了吗？想必他们终究是明白，这批外来过客都是某种程度的剥削掠夺者，都是伪善的人，明白真正应该为此事负责任的肇祸者，是这批人。

从医疗站回来的路上，她已经镇静下来，一种失神替代了先前的激动，默默地坐在车后座，双手紧握在膝上，头转向窗外，保持了一个静止的姿势，只有垂在前额的散发随车的颠簸而晃动着。

时间已经近夜了，山麓的湿气消退，空气愈发冷冽，天空出奇地清亮，没有一朵云，一整空的靛蓝色。窗玻璃前的女子的侧影跟公主一样秀巧，夕光中较深的肤色把人形沉淀成影，侧脸的轮廓切出一张剪纸，托在晚空的蓝底上。几个小时前一个二十余岁的生命刹然消失了，天空的蓝色没有受到影响，依然是这样的纯净安详，是无动于衷的冷漠，还是彻底的了解与同情，于是才达到了这等的高度？

三、年轻的爱人

我再站在同一屋舍前，深秋的蓝空依旧一尘不染。这回我才看出这是间两层建筑，下边白色的基墙里边是养着家畜的储仓，上边住人，木料部分都漆成赭黄色，火红的干辣椒一串串垂挂在屋檐前。

她已经候在门槛迎接了。简朴的室内一眼就看到佛龛坐在黄绢台桌上，灶头的炉火烧得正好，屋里充满了浓郁的奶茶香，角落都收拾得干干净净的，似乎专为客人而打理过。一个年轻男子迎上来，膝旁跟着一个脸颊红彤彤的小男孩子，手里拿着一块糕饼吃着。她似乎比记忆里高了些，身材实了些，这次我才看见她皮肤紧滑又健康。原来她是这样地年轻，只是二十出头罢。

我们坐在近窗的小凳上，原来她能说不错的英文。不丹实行双语教育，又曾是英属地，似乎人人都能说英语的模样。男子忙备茶，端过来放在用成摆桌的另一个小木凳上。丈夫的他就在邻近小学工作，课余也是做导陪的。

打点了好一阵子，丈夫才停下了手脚，拉过来小男孩，一同坐去那头的地毯上，露着和善的笑容看这边的我们说话，偶尔站起来，拨弄一下炉火。这是全屋暖气的来源，十一月的山区已经很冷了。我打开背包，拿出带来的礼物时，孩子又凑了过来，父亲仍坐在原处，羞涩又满足地笑着。听说不丹男子要比汉族男子好得太多呢。我想起了沈从文写在《丈夫》里的，坐在船头拨弄着二弦琴，耐心等候妻子在舱里做完妓女生意的丈夫了。沈从文常写弱势人物，想必那丈夫也是偏远人士的；汉人的精神都忙在钩心斗角的政治活动里，哪顾得这些细微的心思的。

灶口跳跃着小小的火头，壶在炉上烧，点心摆在几上，茶杯冒出温暖的水汽，小男孩把头搁在母亲的膝盖间，脸上的饼屑都擦弄在长裙的褶缝里。

一条家居裙子而已，竟也一样地好看呢，这回是红底上横织着红、黄、橘等几何回纹的花案。这里的人似乎对红色系统特别有感觉，总能变化出各种相近又相异的色调，搭配得绮丽又天成。年轻母亲的双颊跟怀中孩子脸上一样是红彤彤的。

专程而来，说是为了探访面前的女子，不如承认更是为了一个私自的原因。是的，不瞒你说，三年来，对那次旅行发生的事故，我一直不能消去歉疚的感觉。

现在屋里的世界看来日常又平和，显然当事人已经离开那一时间，好好地往前走了，我真为她高兴，然而旁观者的我，却仍旧停留在原时间，纠缠在原情况中。如同发生了放演故障的影片，记忆的画面轧在机件的齿轮上无法移动，挣扎在几个定格之间前前后后，不能往前走——

寥旷的天空和干净的山脉，一个人的背影在道路上走着，突然倾倒——

我常想，当时如果走在前面的是我，滑下陡崖的就是我而不是他。而我，或者队中任何一个别人，都可能在那明朗的早晨走在前头的。只是一个偶然，在一个片刻，命运变数出现，不能预测，没有警告，如此决断，分毫不能商议或妥协，生命如何是这样令人恐惧的倏忽和虚无！

四、深渊

数校园里最雄伟的建筑，应该是总图书馆罢，外表由赭红色混凝土砌成高耸的块面，之间镶嵌着深色大玻璃，里边也多采用耸直的线条和面积，建构得紧凑又庄严，很能呈现一种睿隽的知性气质。可它看起来也挺冷峻的，总让人觉得不太友善，尤其是中庭天井滑石子地面的几何图形，在构造和色调上都引起丛山峻岭、峰峦尖耸的联想，叫人脚下生畏，走上去都有点害怕呢。要是你上楼去，从楼上往下看，这天井地面更会变成一丛丛重叠的深渊，一大片阴险的迷阵，发出令人昏眩的诱惑力，好像招呼着你，要你跳下来一样。

果然图书馆老出事，学生真从边楼往这天井下跳的事已经发生了好几桩，为了防堵再发，现在边楼敞开的部分都围封上了塑胶玻璃板了。

安稳了一阵子，学校正庆幸防止有效时，不料又有一个医预科学生跳了下来。

发生在午夜。只听见砰的一声巨响，当时在场的一个学生告诉我。

看见了吗？究竟是怎么回事？我问。警卫很快就来了，学生回答。

不是围上了玻璃墙吗？怎么能翻越七八尺高的玻璃而

跃下的呢？很多人都有一样的问题。

第十二层楼是有空隙的，学生告诉说。

空隙在哪里？

原来十二楼是顶层，布满了水管、电线、梯架、橱柜等等，玻璃墙板相接，果然在某处为这些设置留出了通口。学校像备战一样布置出密不通风的防线，不料在这以为学生不会上来的顶楼的一个角缝里失防。日本电影《怪谈》中有一位少年僧人，老和尚为了协助他抵抗夜魔的骚扰，替他全身皮肤都写上辟邪的经文，却漏了一只耳朵，后来小和尚性命是保住了，这只耳朵却被夜魔血淋淋地撕扯了去。

设想跳楼的医预科学生，在这层楼面上寻找了多久？徘徊了多少次？考虑了犹豫了多久呢？然后在那一晚，他再摸索到只亮着一两盏夜灯的这一层楼面，最后一次站在已先勘定好的这玻璃高墙之间的几乎看不见的空隙前。

午夜的钟声响了，十二音一一敲过，一声声催促。跳下，跳下罢，图形变成了手，从地面高高耸起了邀请。

塑胶玻璃很厚，蒙积着灰尘，只见身体的轮廓在玻璃上模糊地移动，举手投足之间晃生出重重叠叠的魅影。从缝隙往下看，大厅给日光灯照得惨白通明，天井地面的图案愈发像叠蠢的幽谷，迷离的阵式，向上发出蛊惑的诱力，召唤着，来罢，下来罢。可怜的医预科学生，这时他得面对的，除了是往地面奔去的冲动以外，还有从地面迎来的热烈的呼唤呢。那么，他是面对着双重诱惑，沦陷在双重挣扎中了。在他伫立在这空隙前，尚未跳下之前，他一定像徘徊在地狱的断崖边一样地辛苦。对旁观者来说终局固然惊骇，然而对他，那一路纠缠不休的犹豫不决的，令他无比惶恐的心境，终局前与它的最后的搏斗，是否还是更可怕的呢？

一个不见底的峡谷，一声抖颤的叫喊，在向导往谷底下沉的瞬间，在突兀、紧张、快速、绝望的时刻，什么事情闪过他的眼前？什么记忆进入他的脑际？是二十余岁的一生？某次难忘的发生？某种欢欣某种遗憾，亲爱的人憎恨的人？或者其实什么想法、念头都没有的，只有空气刷过颜面，刷过耳际，在高速中下降，身体坠落的快感？

也许是看出了我的恍惚，我的助教不听话起来。系里一向只有我把助教名额优惠给台湾留学生，这时我的帮手Y正是一位台北某大学毕业现在改念心理学的研究生。一次考试需要辨认亚洲版图，学生们把台湾认进了中国，不料她反应激烈，考题全部算错，严厉扣分。关于独、统问题，其实这些在本科方面都很专心，其他事务则一概漠然的二、三代华裔学生是不理的，非华裔学生恐怕兴趣还多些呢，但是为此事而被扣分，则人人抗争。我在课堂上大略解释了一下，仍把分数加了回去。Y助教很是不满，摆出了立场态度，做事有意怠惰，加以督促之后自然是更令她不爽。一天系主任突然跟我说Y小姐向校方递出了我"精神虐待"的诉状——颇为实学实用呢。这是严重的指责，无论真假都得调查，系主任很关心，我却觉得无趣极了。好在一位与台湾无关的同事相助，跟我对调了助教，可大可小的一件事也就不了了之。气愤时不免也会想，这样的人竟要当心理医生，心理界真该庆幸了！然而我自己这边，事实却是，纵然费了力气，仍旧无法驱除索然的感觉，要说这种感觉是由一个不懂事的助教所引起，不如说是自己心中某些东西已经发生了危险的动摇。

不巧又有了另一件麻烦。大考时一位作弊的学生受到了同学的检举，平常遇这种事我大约都是睁一眼闭一眼，私下警告了事的，检举却使我不得不照章处置，恼怒的前者竟一起威胁起老师和揭发的同学来，弄得校警出现在办公室。也是件不值得费心的事，却叫人愈发地觉得没趣。久在学院工作的我一向认为人在二十五岁以前都是纯洁善良的，这种天真幼稚的想法非得修正不可。或许是索寞的心情终究起了作用，我开始不能集中精神，课程准备得掉东落西，课堂上有时突然脑中一片空白，接不上话，学生觉出了情况。这所城市名大学的学生们个个都聪明极了，大家安静地坐在椅上，同情地望着我，等我说下去。诸如此类的情况究竟不能一再发生，几次后学生自然也不耐，于是手机、电脑等都明用了起来，聊天、吃东西都不顾，哪管你老师台前接得下去接不下去了。

　　一片荒瘠的岩漠，一声无声的叫喊彻响黑暗的渊谷，一个身躯下沉，下沉，沉到沉重的梦里；影像卡在放演机的齿轮间，固执地拒绝前移，和那日一样清晰，是的，在记忆的底片上某些图影已经蚀印成定格，变成了白日和夜晚都挥不去的梦魇。

五、荒原

　　周围人的眼光露出了狐疑，同事们显出了非平常的关心，等到朋友们开始有意回避，电话里的原本的热络露出了敷衍的口吻时，我跟自己说，寻求外在助力的时候到了。这是我第一次接触心理治疗，本以为专业约谈一阵就能云消雾散，光明就可到来，殊不知这将是一段漫长的过程，其中有着不少陷阱和险境，也将遇到许多奇人和异事，直可说是某一种奥德赛了。

　　第一位 H 医师从台湾来，背景颇类同，又是女子，想必是比较能沟通的，我满怀希望，旅程开始。

　　你走过一小片绿茵茵的草地，来到豪宅后面如童话般的一间独立的小屋，就是诊室了；H 医师在家中开业。一张巨大的桌子迎门而来，桌后坐着的正是卷发垂肩、相貌秀雅的女医师。我先报告姓名。"请坐。"女医师说。门旁有张比较近她的椅子，我正要坐下，"不对，不对，"医师连忙给以指示，"你坐到那头去。"原来那头没有靠背的依墙的长椅才是病人该坐的，长度显然是为可能不止一位来人而备，不过你就必须挺背危坐了。女医师戴上眼镜，拿起笔，翻开记事本，非常专业的样子，"有什么问题吗？"她问。偌大的桌面除了笔和纸以外，只放了一只特别细瘦的玻璃瓶，瓶里有一小束刺芒似的花。也许是从这头看过去的角度，也许是保养得太光净了，木质桌面发出了一整片如钢铁切面一般锐利的反光，我这才发觉，原来玻璃瓶内的芒花正是铁质的，剑叶是尖锐的薄铁片，穗的部分是绞扭的铁丝，而屋中其他——设置也无不是金属制造或以金属性为表现，不免暗自为这女性的铁的意志而奇。第一次见面，不过是填保单、留档存案等，时间很快就到了。

　　第二次再来到小屋，当是自动走到应坐的位置。只是对谈时间，无论怎样暗自移动坐姿，也不能回避冷冷射来的巨桌的铁光。为光所困，不免忽略了问话，时时支吾不能答。医师皱起了描画工整的眉头，"这个屋子里的时间不是没有限制的。"她说，训诫起振作自救才能他救的必要性，在一个节落开始诉说自己如何战胜了关节炎的痛苦经过，我想她是要起用自身经验来鼓励我罢。她站起来，绕过桌子走到我跟前，突然对我伸出双手；手指扭结得像树根，手面苍老和粗皱的程度像是久旱的黄土地面，高雅的面容竟有着这样荒瘠的手！一瞬间这双手突然充满了丰富的人生寓意，发挥了无穷的教育作用，我惭愧得忘记了自己的问题，心中涌出同情尊敬和感激。

而巨桌的秘密也在一个偶然中发现了，是我向它走去准备付费时，这时已坐回桌后的医师不悦地高声阻止，"别过来！"我吃了一惊，不明就里，止住了脚步，就在这时不经意地乍见了桌子后头的世界：从她的椅角延伸到墙角，无数的纸团、塑胶袋、购物袋，还有其他各种各样的垃圾堆得满满的，堆到淹没了她的脚踝。啊，巨桌的必要性明白了。

第二位 W 医生也是女医生，从中国来——我实在是毫无根据地只相信本族人和女医生——喜欢放邓丽君的唱碟，穿紧腰的黑色连身裙，披着又黑又长的头发，倒真有几分女歌星的蛊惑的媚力。女医师不爱准时，不为不准时道歉。第一次见面，几句话后，甩了甩到腰的长发，"好了，知道了，你得吃药。"我深知自己的问题发生在哪一块偏角上，不是药物能解决的，便说："我们先谈话好吗？""不行，谈话只会浪费时间，你必须吃药，而且我明天就要去度假了，两个星期后才会回来。"医师说。"那么病人怎么办呢？"我问。"一点问题都没有，我的病人都用药物控制得很好。"她说。我的眼前突然浮现了《二〇〇一》电影里，那些里边装着沉睡的要运送到宇宙去再活过来的人的大盒子，整齐地排列在太空舱里，一位黑发黑衣的女医师扭动着美丽的蛇腰，一手拿着药匙，一手一一打开盒子，把一勺勺药丸灌进每人口中。

　　两个星期后我如约再来诊室，这一栋位在商业区的楼房本有一块"心理治疗所"的牌子，后已换为"行为科学研究中心"。楼内有很多执业医生，都是行为科学也就是心理专家，而 W 医生是其中唯一的华裔女医师，可见她不凡的成就。仍不愿接受药物治疗的病人却使她很懊恼。"我无法帮助你，"她正色地说，把邓丽君关了，"请你找别的医师罢。"那柔美温婉又带着哀伤的细细的背景歌声一旦消失，室内突然陷入一片沉寂；门窗是紧关的，听不见外头的市声，白色的墙壁发着不同情的冷光，对方眈眈的眼神里有一种威势和胁逼；对这突来的遗弃你必须做出反应——

　　我忘记了是怎样自己开了门，怎样走过了大厅，直到看见对面那头出现了依门而立的黑发黑衣女医师，我才发现自己竟是站在了大厅这一头的墙边角。

　　"回来这里！"W 医师压着嗓子，"这是办公室，你不要惹出笑话来！"僵持着，见我没动，她走进隔壁的房间。

现在只有我一人站在大厅，每一扇关着的门前有一张空椅子，密封的墙上挂着梵谷的复制品，在全然的空静中柏树和鸢尾病狂又绝望地旋卷着。女医师再现时，身旁陪同了隔壁办公室的同事，却是一脸还未见过的甜美笑容，亲切地向我招手，"你过来，没事的。"心理医生常常误认病人都是痴癫、傻瓜、笨蛋，殊不知后者是思绪非常清楚，比自己平时甚至比平常人都还更灵敏清楚的。我对 W 医师的突发的甜美大为怀疑，突然想起只要有两位心理医生会诊同意后便可将人强行送入精神病院的法律条文——要是你也在做心理治疗，千万要记住这一条文——庆幸的是，我一向把背包背在身上，现在车匙在袋中。没有考虑的时间了，我向大厅出口奔去，奔进停车场，坐入车中，不能再快地启动了引擎。危险并没有完全过去；到家鞋还在脚上电话铃就响了，W 医生打来，出奇和悦地问我是否安全抵达，叮嘱我留在家中好好休息别出去。直觉告诉我情况诡异——女医师有我的地址。我把车停去另一个街口——从这里你可以望过去巷子——从这别人不知的地点，如同旁观一个毫不相干的陌生人的故事，静等巷内自己的命运展开。不久，果然一辆警车闪着刺目的红灯开进了巷子，停在家门前——

　　那一天近夜时分，如果被 W 医师扣留在诊所，如果在家中应了警察的门，现在我也许还在某一杜鹃窝中像太空人一样被喂着药丸，就不能在这里告诉你这一个惊险又有趣的故事了。

R医生是朋友的朋友，有个地下室的诊所，一个暗淡郁闷的地方，尤其在晚上。封闭的暗室只开了近门的一盏光度很低的台灯，荧荧豆光把屋里照得像地窖一般。

我不明白为什么要把一个处理心理治疗的诊所打点成中古牢房般的这种样子，难道有意布置成私刑房来恐吓病人也是一种治疗法不成？而R医生除了第一天颇为友善地款款而谈以外，以后却使用了与众不同的疗程。

接下来和R医师见面的情况每一次都是这样的——

医生坐在完全没有光照的那头，黑暗中一个身影静穆得像哲学家还是修道士——原来他的确是从教士转业为心理医生的——低着头，整个人沉没在影里，应该是在倾听吧，然而一动也不动的姿势好一阵子了，却也让人怀疑是否已经打起了瞌睡。"这件事怎么对付呢？"我问。"嗯，这件事——"他咕哝地应着，在影中似乎抬起了头，停顿——果然是在瞌睡呢。"是的，这个问题怎么处理，请告诉我。"我再说一次。"嗯，是的，这个问题怎么处理。"他重复同样的一句话，像是在思索，还是回问我。于是我再说，"是的，请指点，这个问题该怎么办。""嗯，这个问题该怎么办呢？"他也又重复了一次，像是自言自语自问，真是高深莫测。如果我停住话，就是很长很长的沉默了，直到我再说一句什么，对话就再用前面的方式重新再来一遍。一分钟好几元的宝贵的时间就在这一再的自白、独白、旁白和无言中过去，好像在写现代主义小说一样。所谓治疗的对谈沮闷至极，地窖现在变成了压力锅，压力不断上升，出气孔却被堵住了，人再待下去，如果不是变成《地下室手记》还是《狂人日记》里的疯子，恐怖分子的举止就要发生了。我站起来，拿起外衣。"请坐下，还有五分钟。"他说。"没有再谈下去的必要了。"我说。"你生气了吗？很好，有进步。"他说，终于有了一句新的句子。R医师坚持我必须一个星期看他一次，甚至应该加到两次。我不再去诊所，不愿再约时间。R医生开始打电话来，每每善意地寒暄问好。我正感谢他的关心时，不料保险公司送来警告，全年的心理治疗许可费在超短的时间内被R医生用罄了，而不到三两分钟的每一记电话，包括我没接到的，都列为正式约谈，暴取了高额费用。保险公司逼迫R医生退还了数千美元。后来介绍的朋友告诉我，那时R医师正在周转购买另一座滨海别墅所需要的首期房款。

　　还留有一点保险费所以我可以再看M医生，这是回到故乡，在某城逗留的时候。这位可是本地心理学界的名医，每日挂号都达百名以上（这不是个快乐的城市吗？），必须格外费劲才能获得一见呢。果然门诊室前坐满候诊的人，挂号以后可以去吃个早饭再逛一圈公园回来仍旧是门口坐着满满的人，黄昏时分景观才略见轻松，也是关门的时候了。

M医生个子瘦小，说话有L和R不分的本地音，穿着雪白的制服，身边坐着一位也一身雪白制服的妙龄女护士。前一病人尚在，后一病人就叫进来了，于是你就可以知道前者出了什么荒唐的毛病，而五分钟后，你的什么荒唐的毛病也被下一位所知。因此我不得不建议你，如果居住此城的你也去名医处，最好留心挂号前后有无熟人。人出出进进诊室内的仓促忙碌可想而知，心理诊所惯有的郁闷倒是一扫而空，为耳鼻喉科还是小儿科、妇科般的热闹气氛所取代。我还没坐稳，医生一边说一边写一边就开起了药方。好罢，我对自己说，没有其他选择了，长期不见改善情况已使人焦急，现在既然名医保证，或能出现转机也说不定，就试试看罢。名医交给我一张写得很是丰满的药单，一边叮嘱："按时、按分量吃药，不可更动，一个月就好。"这样充满自信的许诺，一线蓝天从乌云后绽出了。于是遵照指示，每天将一手掌的药丸吞下去，一天不到便在走路的时候都打起盹来。我报告了不理想的情况，名医二话不说，即刻开出另一药方，"改吃这几种，不可改变分量，两个礼拜就不同。"甬道尽头的光明更接近了。然而副作用一样多，我便自己把药量减了一半，再见面时，老实向医师报告了自行减药的行为，希望医师谅解同情，或许能推荐其他什么补助方法，例如气功瑜伽冥想等？等待着责备的时间，名医从英文书写中抬起头，露出笑容，说出了一句话；"难怪你今天看起来比较好！"

后来一位药剂师老朋友告诉我，一天十多颗的那些药丸一半以上都是安眠药，其中某种尚未通过检验，在别的国家是禁用的。至今 M 医师的名医地位和盛誉从未动摇或削减过，而我至今也还迷惑在那一句话的逻辑中。

还有很多有趣的故事都可以再说下去，然而告诉你几件代表性的想必已足够。也许你要问我，难道世界上就没有训练及格又有善心耐心的心理治疗师了吗？自然是应该有的，如果你遇到了那么就请你快快告诉我，要不就再穿上铁鞋继续寻找罢。

多番的接触和田野体验，倒是使我明白了，人的正常和不正常之间的确不过是一识之别，一线之距，一掌之隔了。常识中的正常未必正常，不正常未必不正常。而在"行为科学"的诊所内，又未必还有一线之隔的；病人坐在医师的对面，往往弄不清到底是这边还是那边的问题更多，究竟谁在聆听谁，谁在被治疗呢。我也明白了，原来这样只需在言语上敷衍搪塞打谎了事，而药物发达后，连口都无须动用，没有医疗风险又能坐收高酬的心理医师的职业，真是世界上最理想不过的职业了。在所有的医生行业中，心理医生的虚妄性大约是最大的，大到了使医师身上那件为社会敬慕的专业衣服几几都成为了皇帝的新衣了。

所谓治疗不是全然无济于事，就是火上加油，只让人愈发觉得挫折。我决定暂停工作，在还没有发展到不可收拾的地步以前，自己再尝试从胶着状态中走出。

奥德赛的历程赖文学家把它蜕变成神话和传奇的沃土，产生了充满了启示的惊喜，尤利西斯真正经历的自然是史前地理环境的艰苦，大战以后的人世的洪荒，生命摆渡在极端的辛楚。流浪在精神统合失序的疆域，就是走在没有边际的寥海、沙漠、荒原，而寻找镇神收心法式的归乡的历程，纵然性质、规模各有不同，于每一个实际的例子，是的，于每一个人，都是孤寂、荒瘠，又茫然的。

六、季节交换的时候

告别年轻的夫妻，离开村舍后，我们直接上山，向海拔三千米的保护站开去，与摄影队会合。

山路绾转，新开的路面比以前宽，忽上忽下的颠与陡都不减，导陪阿里兼司机，双手掌控方向盘，口中嚼着据说是可以提神保暖的叫作贝利的叶子，一副轻松的样子，身为皇家警员的他身手想必矫捷不凡的。阿里人很纯朴直率，总露着可爱的笑容，身上一件衣服也很是好看，赭黄

和赭红条纹的织布，前襟对开，宽松地系上腰带，古老的
服装有了现代的潇洒模样，胸前还系出一个包括贝利叶
都塞在里头的大兜袋，只是露出膝盖的部分让人觉得有
点凉。

迎面皆是绿，就是在秋冬交换的这时。竹丛是翠绿色，
苍绿色的松柏挂着浅绿色的苔藓，垂悬着水绿色的透亮的
松萝。盆地深处是墨绿色，几处村落散置，屋顶铺满了红
辣椒，袅袅升起一两簇白色的炊烟。辽阔的田野则是苍绿
色，夏稻早已收割，冬麦正等着鹤至而降福大地以后就能
播下种子。望向邈远的天际，灰绿色的远岫飘着如画的流
云，衬拥在这些绿色中的雪峰愈见得明净秀丽。

一个急转弯，再加一个急转弯，突有小片平地开展，
保护站在望了。

摄影队已整装待发，只等我到。从保护站到藏经窟又
有海拔千多米的攀行，车程近两小时，崖底的一段还得徒
步。时间花在路上很可惜，队员们觉得不如到了地点以后
扎营留宿，车和我可再回保护站。不过三两天而已，只要
每天为他们带来新鲜又丰富的食品即可。大家商议一阵也
觉得可行，就这么决定了。纪录片专修生们向来都是抢时
间争情况的敢死队，天不怕地不怕的，我们把各种装备放
进车厢后，就向藏经窟继续进发。

看来好像总在眼前，左转右转而不能抵达，实际上自

然是不近的；一个个黑洞打在峻高的峭壁上，峭壁是脸，洞窟是祈愿的黑眼睛，眼睛望穿千百年，瞳里的虔诚千百年不减。通往启迪的道路是这么地遥长艰难又孤单，是怎样的心与身的意愿，竟把人驱使进绝壁的洞穴，执行历时三年三月三星期又三天的辛苦历程呢？能从自觉而达到升华的人，世界上大约只有一位释迦罢，芸芸众生莫不需要借助这种劳苦筋骨的外在动作才能处理问题的。

峡谷的对面，巍岭的顶端，耸立在迢遥又虚幻的天空中，啊，是的，金阁，如期地出现了；一阵宽松在心中油然而生，如同遥见了久违的老友。

金色的屋檐熠熠在荒瘠的岭岩中，像是矿脉闪出了一簇金源，耸立在绝壁上的寺院，该是一座最接近天庭的人间建筑罢。千多年以前，是谁，如此具有工程学上的魔技，和坚韧的意志，克服不能想象的艰难，在海拔近六千米的峭壁，建立起了这座如梦似幻的华阁呢？

寺院建成时间被断代为至少不晚于第八世纪，主要是根据了一则传说——

据称八世纪不丹的毕耶托那王子聪颖善良文武双全，是父王最中意的继承人，不料他和释迦一样为见识人间虚苦而放弃了荣华富贵，不顾艰辛地跋涉到这座寺院冥修。妖魔知道他一人在此，趁机连番来骚扰。王子日夜与魔搏斗，如果失败，不但他自己会被摧毁，大难也会降临于人民。武功精当的王子奋勇迎战，然而一人怎能抵得过众魔的联攻呢？王子节节败阵退入只有一席之地的金阁顶，全民陷入万分的恐惧中。王子站在顶上向天发出绝望的呐喊，声震宇宙，霎时雷鸣隆隆乌云密涌，天空爆裂开，闪下一把宝剑。王子接剑在手和众魔继续奋战，终于获得了最后的胜利。后来在万民的期待下继承王位，就是不丹历史上著名的贤政爱民的佗那王了。

工程师和贤明王子，经由二位不凡的人物，神话和现实两次在这里完成了完美的会合。

峭壁下找平地不容易，立基扎营也不容易，第一天的时间就这么用去了。第二天突然来了一批气势汹汹的年轻人。游击队员果真出现了吗？似乎不是，游击队员应是武装的，这些穿牛仔裤的年轻人两手空着，而且一上来就大声吵嚷——游击队员怎会有吵架的工夫呢，原来是一群不知从哪儿得到消息，急赶来干涉的学生们。

在地学生们的要求是，经卷属于民族资产，必须原封留在窟中，别想动指。

外来者的回应是：让文物自生自灭不如加以维护，何况这终究是要全数交给首都图书馆，没有经济意图，没有携出国境的意思的，清楚写定的条文已经与有关方面签订了。

那么，一位嘴上有细细的胡须，也是双颧红彤彤的学生扬声说，经卷取出后必须交与他们，由他们经手，在他们监督下进行工作。

上课的时间不好好在教室念书，倒来这里找麻烦的！这么想着却不敢乱说话；左派学生都以正义的捍卫者自许，就像七十年代的保钓学生们一样。而出自国族、民族等意识的热情也类同，有必要和外来干预者划清界限势不两立的，曾介入学运的我，懂得学生们的想法，只是不料此时此地经验了身份的对调。

就是普通常识也能明白，十二世纪的文件，或者任何时期的文件，怎能胡乱交给什么人的呢？更还有安全送抵图书馆的承诺，万一缺损了遗失了，不能完成任务，岂不真变成古物盗窃嫌疑犯了吗？常在媒体上看到的文物事件，竟是要让它写实发生在这里吗？

事情必须释明且坚持，免得真闹出事端来。

进步思想不容置疑，怎么说也说不拢，无法达成协议，宝贵的时间不断过去了。某个节眼上有人提议，那么付押金怎么样呢？倒是一个主意。可是，纯洁的左派学生怎会接受金钱的诱惑呢？不要弄恼了他们反而坏事。这么担心的时候，想不到对方自己停住了口舌，表示可以考虑，几个人避至一边，围头举行起临时行动会议来。

金额设在美金五千元，价目并不高，至少可以处理，立刻达成协议；左派学生还是可爱的。这一段的争议总算解决了，接下来还有怎么阻止二位特陪上报的头疼呢。

约定明早交款，但是又有了新要求，必须公开付款，并且将带公关人员来拍摄纪录影片，诉之媒体公证。媒体是不能惹的。可是，事情发展到这一步，时间上已不容耽搁。以后要出事就再说罢，我想情况再糟，绘卷一旦送达图书馆，验收完整，各方面应该都会谅解的罢。

条件一一都接受了，前边提到的额外带来的旅行盘缠全数有了用途。第二天像警探片一样携款依时等候。

早晨过去了，上午过去了，不见人。以前钓运期间晚上不是排话剧就是赶战报，总弄到凌晨，早上是起不来的，激进学生的这种作息并不奇怪；继续等罢。

眼看中午也要过去了，发生了变局吗？日照不长，时间宝贵，何况趁他们不在场，不正是行动的理想时机？既然事情已因押金的因子介入而从政治性转变成经济性，想必一切都好说的了。

队员来前都受过攀岩训练，现在是实践的时候。两人上去，两人在下紧扯住绳索接应，进入窟内后再把器材用具等吊上去。壁画需要仔细存影，图卷包捆后吊下来，再一一送去车厢。分工合作急迫又紧张，要是学生们出现又有新思想新情节，那么就放下工作改去写探险小说罢。

学生没有再现身，想必革命小将们另有了更重要的任务了。日落前图卷都装运完好。

　　视线浑暗，山路的面相阴沉起来，但是下坡的路已经不能往后退，只有前进和前进。

　　车外没有路肩，紧接就是陡壁了。底下河水已经变成乌黑色，巨龙一般在峡谷里蜿蜒，龙身撞击着岩壁，发出轰轰的响声。

　　一个倾斜，一个失去重心，一块岩石滑落，就像那向导一样一失脚，整辆车就会骤然改变方向，奔去郁暗的峡谷。无论曾经怎样费心经营的人物和事物，就会全数消灭不见，从有变成无。人间最悲伤的事，莫过于每一事每一物每一件，无不在每分每秒中，无法挽回地变成为过去。

　　峡谷幽暗诡异，夜雾如幻似梦地从看不见的底层升起，像勾魂的手臂。来罢，下来罢；那医预科学生在十二楼的楼面徘徊迟疑，努力要摆脱的，是否也是一种对生命的进行感到惶然而无法持续的感觉？他是否被这种感觉纠缠到了一种程度，就是落入天井的巨大的恐怖也无法遏止他？一种内在的惶惧，使得他无所选择，只有用外在身体投向那巨大的恐怖，借助后者的能量，以便在一个瞬间，由一个暴烈的撞击，一声巨响，血肉崩裂，获得与世界的均衡而和解？终于铁了心肠的那时，他是否同时也感到了舍弃的舒快呢？他在空中下坠的数秒内，身和心是否都是反而宽敞的？那么，他和苦行僧的行动虽然不一样，所追求的终局效果是否其实相去并不远呢？而那来自深渊的势力，就像前者所执意追求和累积的艰苦，却也正是拯救他的力量？

当向导的妻子木然地坐在车后座，像剪纸一样肃静在郁暗的晚空前，新婚的她骤然失去相爱的人，失去昨夜还暖在身边的身体，她在默默咀嚼的，与之搏斗的，是否也是因骤变而生的比悲伤还更具有摧毁力的慌张和恐惧？在人的所有的感觉中，是否对时间与空间的惶惧才是最可怕的呢？

是的，正在你觉得美满幸福时，灾难可能就伺候在角落，像这辆车一样，每一个下一刻，都可以以数秒时间划过数千米高度的速度，向虚无抛去。

那么，无是什么，有是什么？这随宇宙创始第一天就出现的问题，就算是经过了千古时空，就算是经由多少思想家、宗教家、文学家等追究得怎样地透彻精辟，从未减轻过它一分爪力，到今天依旧是不让任何一人逃过地紧紧地攫握着的。

三岛由纪夫在《金阁寺》中写一位年轻的沙弥，迷恋金阁寺到癫狂的程度，最后放火烧了它。沙弥非把金阁烧了不可的，他不烧金阁，就得烧自己；要使自己活着，保持着有，没有别的选择，就得让它变成无。小说家设计故事，让人物由摧毁世界而拯救自己，现实生活里却没有笔下人物聪明，倒是把自己摧毁了。三岛裂着肚肠等待背后学生砍下头颅以完成剖腹程序的那瞬间，他感到的是什么？是爱国主义？武士道精神？还是在决定决裂后油然而生的正相反的释然，结局的轻松，无的痛快？在那一瞬间，他是浮动在怎样神秘的经验中，经由庄严或荒谬的仪式，把自己蜕变成神话、传奇？

松菜觉得《金阁寺》写得很好，可是更喜欢谷崎的《春琴操》。

黄昏，日与夜交会，时间隐藏立场，采取中立，把世界推入二元，把美丽或丑陋的选择交在你的手中，寻找慰藉或启动惶恐全由你自己决定。空间只是助长着悬疑和诡谲。三年前那一声震动山谷的喊叫已经化为这时的殷切的呼唤，来罢，下来罢，这里是宁静的所在。

"不用紧张，有我。"阿里安慰大家，从胸兜里拿出叶子放进口里，仍旧光着膝盖，一脉无事的样子。

是的，好在世界是由阿里这样的人，而非小说家、医预科学生，或心理学家担待，而阿里总又能让树叶来拯救。

遥隔峡谷，那边的迢迢天际，或前或后时隐时现，有一块金色的屋顶不舍弃地守望着，指引着对危机的警觉和反应，送来光的承诺。

你们会安全抵达，你们会安全抵达的。

七、如画的山川

　　湿地面积减少使黑颈鹤食物短缺，引发与人类的生存竞争。繁殖率低，同窝生的幼鹤常互残到仅存一只。幼鸟必须生长快速，如果不在十月前学会飞行，就无法越冬存活。外在和自身的双重原因造成了黑颈鹤的生存危机，变成了几乎活不下去的一级濒危动物。

　　关于鹤的传说，由保护站的生态科学家们来解释，并不稀奇；因为鸟遇高空气流，昏头打转起来，于是有了妙曼的舞蹈；高冈上唯有一座独立的屋檐，所以选择为地标；而这种鹤的胆子特别小，一定要在空中盘旋老半天，弄清了情况，认为安全了才敢降落，于是就变成了翱翔的美丽景象。至于每年是否一定会在同一天飞来，那就要看你的运气了。

　　径路已经消失，底层也都坍陷，没有人去金顶寺了，保护站人员说。但是这边岭上有观台，往上去只需一个多小时，站内备有马匹。摄影队员们听了都跃跃欲试，自然除我以外。

　　"你可以走去，"保护站人员好心告诉我，"凡去看鹤，徒步才有福气。"

　　与金阁竟有了朝夕两相互望的机会，不就已是福气么？文学绘画等常写人与自然相处而共欢，于人类这边，确实如此。

喜马拉雅山脉是亚洲河流的发源地，帕吉卡的群峰终年覆盖着皑皑白雪，中部河谷地区在初冬的这时仍然葱茏而秀润。溪声潺潺，水雾飘流。留恋在松柏枝丫间的凌晨依旧是梦的世界，自然和人类都未醒。可是很快太阳就从雪冈的背后爬了上来，绵延的阴岭就像节庆一样地一座一座亮起来，你还没察觉的时际，阴郁就已退出了场地了。

夹径是草木禽虫的天地；到处是不落叶的杜鹃；天竹挂着串串樱红的果子；冷天开的番红花抽出娇嫩的水紫色花瓣和橘红色的花蕊；偶然幽幽在树丛中藏着白色的山茶；荼蘼依旧缠绵，这总是倔强地开到花事终了的带刺垂藤花。鸟在枝叶间穿梭，红颈的山椒、青背的山雀，釉亮的乌鸦是国鸟，灰颈白身的鹡鸰、翠绿的绣眼、伯劳和八哥，真像台湾羽鹅的不知名的蓝鸟，苍鹭停在高枝上，白鹭飞在近水边。据说这儿也是金丝猿出没的地方呢。山中没有人类的喧嚣，到处是虫鸟的唧鸣，众声中若是亮出清脆婉转的高音，就是夜莺还留在哪儿呼唱了。

站在斜出的台地上，视线变得遥远又悠长，世界变得辽阔又空旷；大雁排成长长的人字形，在澈亮的蓝空长鸣，领头的一只飞得特别有劲。

据说鹤的到来往往在清晨，见到天空逐渐积累出美丽的云朵，就是造访的前讯，若再传来嘹亮的鸣声，那么凌空而至就是即刻了。

体是雪白色，翼尾的部分从灰渐次转为黑，黑色的脚和颈；白、灰、黑三色明净地变化着层次，顶冠一撮艳红点出耀目的端丽。别去听生态专家的话，还是让我们回到传说吧——听说它们常形成一连数十甚至数百只的队伍，从遥远的晴空长长地迤逦而来，保持着井然的秩序，在高远的蓝底以水墨画的笔触列出人字或 V 字形——V，不是胜利的字形么？——轻柔地曳动着飞行的姿势，那种景象，啊，只有用壮丽二字才能形容。

接近目标的时候，它们会减低高度，改变队形而周匝盘桓，伸出收着的双脚，高举巨大的双翼，缓缓下降，以天使般的美妙体态和精确的定点能力，着陆人间。

午时日阳正照，宇宙亮堂堂，傲坐海拔六千米，金色的檐顶辉煌。

黄昏时峡谷升出一片反光，把山川映得妩媚剔透，凡是远岫、峰岭、峭壁、谷壑、溪川等等，自然界的全体组成元素都在奇妙的回光里欢欣鼓舞，这时候，只有在壁画里才能见的绚丽灿烂的景观就成了盈目的真实。是的，这是现实和非现实携手运作的时间，两相护持共赴盛举，毕竟要把世界领进传奇。

受到阳光抚照了一天的金顶，这时变成一撮光源，一簇烽火，一朵篝火，庄严又绮丽，萧肃也安慰。就算是最后的一朵火罢，就算是最后一朵火的最后燃烧，就算是黑夜将吞噬大地，全世界都将沦陷或早就沦陷了，也不会放弃对美德的执守，在晦暗中倔然地燃点着。

八、鹤至

保护站内一片沉寂。酥油灯的火苗兀自颤动，熠闪在绘卷上，泛黄的绢布在灯下便发出了人肤一样的莹莹光泽。

多少个世纪过去了，也不见损失精彩。若和中国古典绘画，尤其是文人水墨的高度自律相比，这里颜色可用得真大胆；正黄、朱红、赭红、翠绿、碧蓝、艳紫，都是纯粹而强烈的原色。而且也不管呈现上要收敛——丰腴的肉体，妖窕的眉目，夸张的身姿，挑逗的动作，公然的性行为，都是明陈了欲望，坦白地宣露感觉，享用着感官的感受。

设想画者是如何跋涉到峻壁的所在，如何攀入暗到不见五指的荒凉的洞窟里，天地间只有一个人，身边只有一盏灯，日日夜夜只是画着又画着，是怎样凛然的决心和坚持，驱使他这样辛苦地执行工作呢？把痴想和欲望全部画出来，用热情甚至于纵情的风格来追求性灵的宁静空净，从繁华到肃穆、喧嚣到安静、放肆到谦卑、执着到舍弃，从有到无、实到空，用入世的手法来达到出世的目的，这荒瘠的洞穴岂不是变成了善恶决斗的场地，而一场接一场在肃穆中进行的岂不都是喧腾的血战？

　　每笔每色底下都埋伏着色相和欲望，处处皆是诱惑和陷阱。古典中国画家的课业执行在下笔前，修身养性寓情的功夫事先把堕落的因子一一去除，险局一一化解，落笔往往已是清明景象，这里却是把世界的建构全体都列出，战斗的时态却是此刻而当下的；如果文人画争取淡淡的境界，这里则是行动的疆域，唯一的武器是对自己的信任，对人性的肯定，而一个失误，于中国艺术家莫非是退隐遁逸，这里却是失身堕入深渊，要粉身碎骨、万劫不复的。仓央嘉措不就是个例子吗？据说成为六世达赖喇嘛以后的他放纵依旧，结果不到二十五岁就在赴康熙皇帝邀请的路上被暗杀了。不过也有人说，实在发生的却是，当他明白自己身处警危，且将祸及他人时，索性就选择了半途自行消失，后来成为喜马拉雅山、峨眉山、五台山、甘肃、青海等地讲经解法无比动人的流浪僧人，皈化了无数人众，到底是完满圆寂而终的。

　　藏画里常有曼陀罗的圆形，全图只有一个圆，或是画面的某处有个或几个圆，把圆形经营得这么透彻，是其他艺术中少见的。曼陀罗圆代表了内外的完整宇宙，隐喻了

"万象森列""圆融有序""轮圆具足"等。把时空及生命的各种元素和现象，把数不清的思想和幻想，智慧和秘密，数不清的祈愿和痴梦，都罗列在这里，凝聚成一个完整的圆形建构，如果枯木竹石是中国文人画的极致境界，繁华美艳的曼陀罗就是藏教艺术中的完满图像了，而依持曼陀罗专心修炼，融通的终结则可以期待。

　　但是这圆看久了也真有点像迷魂阵呢。你看那一格格缠接的势力不也是峻岭峡谷，回旋的图形不也是走不出的迷宫，危机四伏的阵地？不是有很多人认为曼陀罗能开启幻径，用它来进行冥想灵动等神秘的活动吗？镇神和失魂，天堂和地狱，堕落升华同时可能，这二元对立的现象似乎总要出现在藏画中；莲花生、护法神、罗汉等的造型不是可爱又可怕，迷人又吓人？而《法华经》里记录的佛说法时自天落下的曼陀罗花，莫非也有类似的性能？同一名称的漏斗型大花，从正面看，如火焰的花瓣舞旋成圆，是宗教上的圣花，也是从叶、茎、花到果实全都含毒的植物，具有松弛肌肉、舒缓神经、忘忧止痛等疗效——据说精于麻醉的三国华佗所制的"麻沸散"里就有它。然而同时它也能使人昏眩迷幻，丧失神志，步入险境。

　　夜深，内外一片寂静，人类已经歇息，受危害的生物也各自在温暖的窝里放心安眠，你可以听见窗外风吹过，檐下铜铃一阵响，祈愿的幡帛扑扑地掀打；树叶颤抖；枝干折地；石子滚下陡坡；河水潺潺穿流过峡谷，向各属的国度赶去。白日的活动在这时变成细细的声响、轻轻的骚动、暗暗的欢畅。众声中要是你听见一个婉转又清亮的高音响起，那就是夜莺——还是金丝猿？——又在哪儿唱歌了。

有人来访。

我连忙站起来，披上一件衣，请对方坐下，递过一杯水。

他接过水；是自愿来的么？

奇怪的问题，自然是自愿的。

那么为什么要去怀疑呢？他说。

怀疑什么？不明白。

如果一则传说已经以完整的形式等待着你，就无须再追究了。

可是，难道情节不都是虚拟的，不都是勉强的凑合？

有什么关系呢？只要你信任它，它就能发生你需要的作用。

怎样的作用？难道可以用来应付，用来抵挡吗？

是的，可以的，他说，如果你安心地迎接它。

怎么个安心法？现实才是扎实和实际的。我说。

别小看传说的力量，是传说，不是现实，能对付现实。他说。

这样的吗？我说。

不相信？他说。

不相信。

可是，你不就正在做这件事么？他笑起来。

啊，这样的？

人间的错失和欠缺，由传说来弥补罢。他说。

他站了起来。身上穿着浅色短袖衬衫、凉爽的棉质长裤，正是台北七八月的男子的夏服。

请留步，我说。

我会再来的，他笑着回答。

绘卷都已留影，编目的工作也完成，包装齐整后，就能送去首都图书馆了。这件事到底是平安完成，真令人松了口气。

黄昏下起了雨，细细绵绵的，看着轻柔又抒情，据说本地人认为冬日落雨是福气，却令过客忧心；会影响鹤来么？上次不就因为下雨而见不着，这回又要错过了不成？

雨持续地下着，没有止的样子，工作人员三两蹲在廊上抽烟，庭院里禽兽们缩在遮檐下，蓬松着毛羽，呆呆望着不停的雨，有的已经把头歪到翅下，打起瞌睡了。

绵绵的小雨，像爱人的倾诉，欲说还休，不说的时候和说不出的时候说得更多更细，只望你心里慢慢忖度，默默地欢喜。持续到黄昏，天色都暗了，都晚了，还要磨蹭下去，依依流连不愿止。

窸窸窣窣的，落在屋顶和屋檐上，落在院子里、树林中，落在夜合的花瓣和沉睡的鸟羽上，落在记忆的册页——

台北的夏日。夹道的木棉。温州街的木屋。栉比的青瓦。瓦上的阳光。水圳从木麻黄的根底淙淙流过。

天庭的野草。贴墙的相思。后门的菩提树。春日第一朵花——是侧门边的灌木芙蓉罢。风撮弄过油加利。桫椤展叶成伞成扇，摇曳出一整座的夏影。阴凉的走廊。廊上的窗光。没有人的大厅。门开着的研究室。唱机在室内兀自旋转，旋转出三十三又二分之一转的细诉的句子——It was many and many a year ago in a kingdom by the sea.——那是很多年很多年很多年以前的没有人知道的一个国度。

第一次的见面，第一次的携手，第一次的相拥，第一次的争执与和解，第一次的分别和重会，第一次的神伤和欢喜。

窸窸窣窣地落在静静的河水里，叠颈而眠的渊谷里，落向层层依偎的冈岭，温柔起伏的峦岫，和痴痴地等待着的金色的屋檐上——

梦者果然如约再访。

怎么办？我说，又要看不到了吗？

别担心，他说。

别担心，明天会是个好天的，他说。

只是微笑，用手持着下巴，静静地坐着，不再说什么。

多么熟悉的姿势——

消失前他抬起头。

他抬起头，转过身——

多么熟悉的容颜——让册页中的人物一一走过罢，认识的和不认识的，亲近的和疏远的，诚实的和虚假的，衷心的和欺凌出卖的——

有谁，会前来梦中相会且陪伴？是谁，会递来叫人安心的消息，跟你说，放心，我跟你是在一起的呢。

是有这样一个人的；只有这样一个人。

啊，是谁，还有谁，是松菜呢。

人都该在爱还是爱的时节爱过，不是么？

很多任性、浪费，很多怀疑和惶惧，很多的错失、懊悔、遗憾、歉疚，很多很多的愚蠢、荒唐、混乱，都不用去担心去追究去尝试挽救的——你可以原谅你自己，让一切由传奇来承担罢；明天会是个好天呢。

明天，太阳会再升起，山岭又像节日一样一座一座地亮了，天地一片清朗，辽阔的天空将响起一连串的鸣声如同远战归乡的号角，传说中的鹤群必将飞越千古的时空，盎然光临辉煌的殿宇，绕金顶三匝，再一次完成现实与神话的完美结合。山谷下的人民将举行盛大的庆典，冬麦将撒下种子，民主的一票投下让第一个共和国建立。你抬头仰望，就像在每一个不同的历史时空等待着的人们，也会发出欢欣的叹息。

原载《印刻文学生活志》第 6 卷第 11 期，
总号 83 期，2010 年 7 月

给明天的芳草

1. 九重葛

林家靠南货从殖民时代起家，先辈们在政治和商业两方面都有长才，半个世纪施展下来，在我们的时代，已是德高望重的世家。

林家在城西近河的黄金地段有几条街的产业，家人都快乐地聚居在那儿。大房一连生了五个女儿，就纳了二房，二房女儿刚落地，就进了三房。这么一房房地接着来，一方面为了延续香火自应如此，一方面也因在我们的城市，举足轻重的人物不能跟普通人一样寒酸地守着一妻一室，多妻多妾或者有几个不公开但要让人都知道的情人才是体面的正事。

虽然只会生女儿，大房有原配的头衔必然掌控一定的权威，三房生出了别人都生不出的儿子，一夕之间排除万难跃升应有的位置，气焰也一样不可一世。二房夹在中间，日子不好过也就可想而知。

大房做小姐的时候本是名门闺秀，生下的五个女儿却个个相貌平庸智力迟钝，好在母亲深具本地高贵人家的东西洋教养，精心培育之下，女儿也都能知晓蛋糕如何烘焙得蓬松，衣服如何穿得高尚，鸟巢发型梳得入云，脸粉扑得比整城女孩子加起来都更厚足又均匀。

不巧二房女儿丽质天成，一路学业也极为优秀，五个姐姐看在眼里，自然要效法《仙履奇缘》里的后母的姐姐，想尽办法来给她颜色，好让她明白分寸。出身贫贱的二房母亲没有说话的权力，只能盼望着女儿快长大，让女儿和自己都熬出头的那一天快到来。

果然不负期望，女儿考上了城南名大学，邮差送来入学许可证，捎来的是那双叫灰姑娘改变命运的玻璃鞋子。借着陪女儿就近学校读书的理由，获得家族的许可，二房母亲和女儿穿上鞋，到底是走出了林家的大门，在大房努力把一个接一个落榜的女儿调教成淑女名媛，将来不是要嫁给登对的名门子弟，就是要嫁给医生，或者至少是牙医时，在远离财富权势中心的城南，二房母亲一心一意和女儿过活，开始了展向美好明日的生活。

母女二人在一栋有墨绿色的大门，门顶上攀爬着九重葛，屋顶上长满了青苔，院子里有一小片树荫的房子里安顿下来。女儿高中毕业第一次烫头发，短短卷卷地梳在头上，愈发显出俏丽的青春气息。亚热带的天气常穿着浅色的上衣和过膝三分的裙子，天凉时就加一件对开的毛线衣，有时走路有时骑脚踏车，按时来回上下学校。母亲看起来跟女儿像姐妹一样，家居进出从头到脚收拾得干干净净，去湖南小店买包香烟和火柴，跟夜叉老板娘说话也柔声细气的，坐三轮车回巷子也不会像教授夫人那般提着嗓门计较零头的数目，还会跟车夫道声谢呢。

哎，巷子里的人感叹，台湾人守规矩……

然而台湾妈妈的样子在什么地方总让人觉得和我们巷子有点不搭配，就说黄昏等女儿放学，依在门口的那姿势吧。指间夹着一根烟，穿在一件鲜丽的白底碎红花的洋装里，斜斜的光线中斜依着侧门，不只是那婀娜的腰身，还有仔细画得像蛾翅膀的双眉，一种从来没见过的带着风尘味的妩媚，叫我们看着看着竟不安起来了。

啊是的，听说没进林家门前本是个城西风月场所的女子呢。想必穷人家不得已，啧啧啧，这么标致的人，可惜是这样的出身。

白脸的年轻男子有时进出绿门，据老板娘说是林家的一个小兄弟。体面人士既然不方便出面，遣个小叔来照顾，老板娘认为林家还算是有点良心的。

白面小叔引起了我们的遐思，外表看起来两人年岁差不多，女人这边究竟是大了些，原本一定住在一起，和偏房嫂嫂的关系想必很亲密的，不是么，否则林家这么多人，就偏他一个人跟了过来照应呢？

一个男人爬在屋脊上，手中拿着竹篾什么的刮着瓦上的青苔，瓦一块块掀起来，小心地一叠叠放在一旁，再顶着一张黑色油毛毡比来画去像个武侠片中的黑斗篷大侠。接着是一下午的敲打声。天暗时人不见了。第二天早上又出现，仍旧蹲在屋脊上，重复着一样的动作和声响，裤脚卷到膝盖的两腿在瓦上走来走去身手灵活，肌肉黝黑健壮，脸晒得红糙糙的。

刮去了霉苔的屋顶跟原来大不相同，在树荫底下亮出了一片漂亮的青灰色。

又见一个男人发披在额头的，站在院子的树荫下跟谁在说话。走过巷子从半开的边门看进去看不见挡在廊柱后边站着谁，看得见的是一截花裙子，一截白小腿，一只白脚，跋在一只漆花木屐里。从柱子的侧边不时吐出的缕缕白烟好似纤纤玉指一样舞弄在两人之间的空间。

前院的树荫里原来有一株含笑、一株鸡蛋花，和一株橄榄树。

三树都不必去管，要修剪的是门顶上的九重葛，你看长得这么乱，人的头顶都勾到了。

一个上午男人就蹲在大门的水泥平顶上，拿着一把长剪刀，披头散发纠缠在重重的九重藤间。

修整了屋顶剪齐了藤葛，屋子焕然一新。新瓦在树荫下反烁着天光，像似向天空开出了一大片玻璃天窗。

除去杂枝的葛藤露出了主干，蛇长的手臂抱缠在门顶。园丁在大门口左右摆出了水泥大花钵，种上红黄二色的金莲花，你绕着钵走就没有藤枝撩刺来头上的问题了。

小货车停在门口，白脸小叔和一个工人下了车，打开了大门对开的两扇才推得进门里。黝亮的三叶牌立式钢琴也是巷子没见过的。

礼拜天的上午和黄昏，打麻将的声音里开始间有了练琴的声音，此起彼落悠悠扬扬的。

弹得不错呢，教授夫人难得夸奖人的。的确，近来琴声听起来很有进步的样子。

那自然，夜叉老板娘知道原因，拜师学的哪，才从外国学成回来就给名校礼聘了的钢琴老师，据说是不轻易接受私人学生的。老板娘知道个什么的？啊，可别这么说，别看她那一头稻草头，虽然只是巴掌大的杂货店，用石头压在木板凳上寄卖的报章杂志却是刊载了所有天下大事的。

牌声和琴声像双重奏一样，时时陪你走过一条巷子。

九重葛的生命力真是强，好像不过昨天才剪过，今天就又抽芽长叶冒出很多花苞了。据说你剪下一枝随处一插，就都能活成新的一棵呢。

大学生模样的男孩子替女孩推着脚踏车，两人并肩走进了巷子。

怕是男朋友了，我们都为女儿高兴。

同班同学，老板娘说，也念文的。哎，女孩子念文也就罢了，男孩子自然应该理工法商，考上这么好的大学，白浪费了。

念什么还算其次，据说林家反对的是交男朋友这回事。

老远在城那头，不告诉不让知道不就是了，老板娘还颇具叛逆精神呢。豆蔻年华情窦初开，要管也管不了的，教授夫人的文字功夫到底是比较有深度。

据说林家也不真正反对交男朋友，反对的是交外省人男朋友。

外省人有什么不好？呲，湖南人老板娘从齿舌之间发声。可不是，教授夫人附议，外省人有那么土的吗，不是外省人我还看不顺眼呢。

土财主才有钱呢。老板娘认为。

还在商榷外省本省时间，又见女儿一个人来去了。难道是，初恋还没启动就结束了吗？

想必靠城西家里过日子，不得不听话的。不过反对来自母亲其实也有可能，例如以学业为重等。这么说，女儿就蛮孝顺的了。是的，我们一开始就觉得女儿里里外外都是个不可多得的乖女儿、好学生。

一场夜雨，花苞绽开，纺绸似的洋红色三瓣花，从中心吐出三簇小小的淡黄色的花蕊。不不，洋红色的不是花瓣是苞叶，淡黄色看似花蕊的才是花，三朵小黄花都努力地伸着细长的颈子要吸引你的注意和渴望你的认可，你得剥开了深喉似的花颈才能找到躲藏在里面的真正的花蕊。

不辜负我们的耐心，总算有了新鲜的故事。人之常情哪，我们都明白，恋爱失败的人是渴望着尽快再恋爱的，不是么，所以这么快就爱上了钢琴老师。

消息传来颇合我们的推想，不过细节仍得靠老板娘提供。

年纪大上一倍不说，还有太太家小的。只是，进出巷子仍旧是拿着书本正正经经的一个人，并没见女儿跟什么人走在一起呀。啊是了，女儿放学回家得越来越晚了。

女孩子晚上什么时间回来，跟了什么人回来，早起早睡作息有序的我们固然没看见，可是杂货店的窗扉是敞到十一二点的。

不过老板娘的话你也不能完全相信，一方面我们都知道她一向没事说成有事，小事说成大事。一方面，哎，道理非常简单，老师是位有头有脸的本地文化人士，何况给自己太太看见了也不大好，不可能公开带着年轻的女学生招人口舌，不可能跑到我们巷子来自投罗网，而女儿也不可能胆子大到把老师带进来的。

黑摸摸的夜晚，一厢情愿的老板娘怕是把顺路一起回家的什么人，或者一个不相干的路人，看成了钢琴老师了。

姑娘自作多情，单恋上老师，在这里自个儿害相思，恐怕是更有可能的。啧啧啧，这是没有结果的，这是会自毁大好前途的。

对吵架的声音、甩门窗砸玻璃的声音、推倒家具的声音等等，我们都充满了期待，走过绿门时不觉都放慢了脚步，斜过去眼睛，侧过去耳朵。

什么声音也没有。恋爱这桩事是最磨人缠人的了。

夜深了，门都关了，没有人再进来，没有人再出去，人人都安详在各自属于的所在。一个瘦削的影子走进黑暗的巷面，伫立在影里的门前，巷口的一盏路灯经过了几家门户在这里失去了光度。

这么黑暗又寂寞的门前一方地。

拿出钥匙来吧，开门进去吧，无论晚归是为了哪一种原因，门是等着你的，门里应该是温暖的。

冬天来到巷子，树叶不落，只是累积了一个夏天和秋天的树色沉重了，阴阴湿湿的透露着萧肃。花不见了，叶子也少起来，蛇长的藤上蔓走着荆刺，原来是这么地又长又尖，不小心撩到了能划出一道长长的血痕。

练琴的声音变得时有时无、零落突兀，没有开始也没有结束；难道女儿真是爱上了钢琴老师么？这么一想，你以为你连哭的声音都听见了。不不，不可能，无论哭不哭还是怎么哭，都不会让门外听见的，你的耳朵过敏了。

一条巷子都知道了，人人在杂货店前停住了脚步，以便表示关怀，和获得进一步的讯息。

据说是关起门来在洗澡间里烧的，据老板娘说。用什么烧的，炭火还是火柴？还是打火机？火柴容易烫手，炭火就变成烧炭自杀了，打火机应该是最合适最应手的。那么就是一只手拿着打火机烧另一只手了。好在只烧焦一层皮，没烧到肉，想必是吓唬人罢了。好在烟气和焦味都传了出来，赶紧撬开门夺了火，否则烧坏手不说，就要烧到房子了。

平日看着好好的女孩子为什么做出这样莫名其妙的事，火不会失控烧了开来吗？烧到了我们烧掉一条巷子吗？真是太胡来了。文文静静的想不到心眼真多，这样的人最难缠了，谁家有这样的女儿可就麻烦了。也不替妈妈想想，明天的日子还都指望着她哪。不过好在发现得快，好在发生在半夜，要是在大白天，不就闹翻整条巷子把新闻记者都招了来，我们可不就都要上报了。

我们耐心等待妈妈的反应，切盼她采取应该的措施行动，日头都斜出了巷子，才盼到三轮车又一摇一晃地驶进来。

稳当地跟车夫算好了钱，道了谢，拿出钥匙开了小门，把先下车在身边低头等着的女儿带进了门里。门窗缝隙后边的我们留意观察那只手，紧紧地包扎在厚实的白纱布里。

到底是怎么烧的，烧在了哪里？这样的女孩子可放纵不得的，做母亲的以后要严加管教，不能再让她随心所欲想做什么就做什么的。

绿门紧紧地关着，像忠诚的守卫，不但把我们排拒在外，也拒绝泄露任何动静。

白脸小叔没来，来的是一个司机，仍是要敞开大门才搬得出去，还得叫来老板娘的丈夫一起才能抬上了小货车。

钢琴既然搬走，琴声随着消失，牌声重新占据原来的重要位置。

女儿神情镇定衣装整齐地上学放学，照旧是乖女儿好学生的模样和规律，什么事都不曾发生过的样子，我们也就当它什么事都没发生过，虽然在经过身边的时候，免不了还是要瞄瞄那只手。

烧坏了手指么？留下了怎样的疤痕？其实我们从来不清楚到底是哪只手烧了起来。

本就偏瘦的个子，这一折腾愈发瘦得不成话，纸一样飘在巷子里，我们都看不过去了，啧啧啧，这是一辈子都忘不了的哪。

这样飘来飘去飘到最后一个学期，没再惹出什么别的乱子，大学总算安稳念完了。毕业典礼走在校园里的穿着白旗袍的女生中，要数女儿最好看了，一种初长成的婀娜身姿自然是得自于母亲的。

多么糟糕的天气，阴雨一停就是夏天，每天都是三十七八度，太阳当头直照着巷面，沥青沾上鞋底，从颈背到脊梁都冒汗，撑伞也没用。

一点风也没有，空气沉滞，呼吸封闭在窗内外的闷气和废气里，身体的每个角落都黏答答的，最热最湿的是腋下和鼠蹊。

呲，半夜醒过来，枕旁一张黑脸，可不吓坏人！老板娘又从齿舌间发音。老板娘实在过虑了，守着自己的丈夫就好，不必为不可能发生在她身上的事操心。

现出什么黑脸？啊，是这样的，有人看见台湾妈妈和一个黑人坐在三轮车上。不不，不是一个皮肤比较黑的同胞，无论本省外省。是一个真正的黑皮肤的黑人，黑人美国大兵，黑得眼睛鼻子都看不见，在晚上黑得不见头脸和四肢，只见悬着的一件卡其布上衣和裤子，黑得跟黑夜一样，安全地藏在黑夜里，我们从来不知道他是谁，长得是个什么样子。

想必是旧相好，别忘了原是在欢场工作的人呢；也可能是新相识，美军一批来一批去的市里到处都是，坐在三轮车上很神气的。赚美军钱容易，尤其是从越南过来的那种，报上说连小学老师下课都到中山北路去挣外快了，真是人心不古斯文扫地哪！

自然是瞒着我们黑天来去的，酒家本来就是晚上上班的。这么旧业重操，是耐不住寂寞？是林家抠门，生活费给得不够？还是女儿没管教好，林家气起来索性不给生活费了？还是对女儿不存了指望又自暴自弃了？本性难移，旧习难改哪，当着自己女儿面不说，还让巷子里的清白人家都看着，确实是坏榜样，要赚那种钱就到那种地方去，这里可不是中山北路林森北路天母士林的，正义之声从巷中响起来，啊是的，我们的巷子是有教养的文化区哪。

要是跟个黑人给林家看到了知道了怎么办？我们一面替妇人担心，一面兴奋地等待着另一场灾难的发生。你不能不承认，自从台湾妈妈和女儿搬进来我们的巷子以后，日子变得有盼头得多，有趣得多，平乏的生活变得活泼起来了。

然而母亲和女儿不动声色地进出着绿门，什么事都在发生，什么事都不在发生，门总是忠诚地关着，九重葛手持刀剑护卫，我们无法进尺一步。

好在我们并不需要大门向我们敞开以便探知内情，也不需要多少目击耳闻来建造情节，诸如经过门前瞥上一两眼，老板娘不时给一点线索，铺陈的条件便已足够，我们便能描述来龙去脉，期待的故事就丰满如生了。世界从来就不是写实的，不是一步步具实地形成的呐。

手夹一根烟，斜依在侧门口的姿影越常见了。女儿已经进了门还是这么依门站着，甚至于没有学校的日子也这么站着。白天的时候，黄昏的时候，夜来前的时候，在渐渐暗下的光线里一点火星在门口静静闪烁。

然后开始在巷子里踱走，从这头过去，从那头过来，从你身边晃过去，没看见你似的，恍惚的模样使我们不得不觉得，怕是人的精神有了什么问题。

然后女儿也出来，跟着妈妈一起走。从这头去，走出巷子，过了不久或者很久，又从那头回来，时时牵着手。母亲喜欢穿那件鲜艳的白底红花衣连裙，女儿常穿的是浅底小碎花的长袖衬衫。

当夜晚到来，空间变成黑暗，两人就这么没有目的地走在巷子里，在不下雨的晚上，不刮风的晚上。在炎热的夜晚，凉快的夜晚，冷索的夜晚。

这么走着和走着，一天我们又不得不认为，这不是平常的饭后散步消食，是两个人都发神经病了。

九月了，起风了，每家阳台上的晒衣飘飘掀打在清澈的阳光下，发出轻快的裂帛的声音。到了晚上，衣服都收进屋子以后，在月光下轮到白底红花的衣连裙和浅色小碎花的上衣飘起来，却是静悄悄地没有声音。

女儿通过了留学考，说是名校给了超额奖学金呢，我们都为她雨过天晴否极泰来而高兴，不过好不容易能够去外国，念什么音乐却是没道理的。念音乐要进什么名大学的？自己弹弹不就成了？先念文现在又念什么钢琴真是聪明才智连奖学金都白费了，好在是个迟早要嫁人的女孩子。

白脸小叔又带进来小货车，在门口停下，打开了双扇门。这回搬出的却是大小衣箱家具等。

不是自己愿意，是林家下令搬的，老板娘打听到消息。叔嫂两人关系铁定不同凡响，不然怎么一路照料到底，还算有点义气的呢？

直到门口的金莲花连叶带苞都垂萎在干裂了的钵土上时，我们才明白门内没人很久了。台湾妇人究竟是离开了巷子，不会再回来了。

不过听说城西也不见踪影，那么她去了哪里呢？

有人说，林家为了面子把她送回了南部老家。不是，有人说，不是送回老家，是送去了山上某佛堂，改邪归正变成了佛门子弟。不是不是，有人说，是送去了某洋人教会办的什么院，变成了修女还是隐士。不不，不信教的人说，什么都没变成，是为了眼不见为净，把她送去了不是日本就是新加坡。林家在二地的产业可都多的哪。不对也不对，有人说，是被押回了城西以后就锁进了楼房的深里，不准再出来丢人现眼，如果你不信，不妨站在马路上，夜晚人车肃静的时候仔细听，你就能听见从楼顶的紧闭的窗后传出来的嘶喊声。

不不，有人说，你可别把人看得这么糟糕，对人这么不相信，真正发生了的是这样的，妇人在林家断了经济来源以后，虽然重操旧业，到底是自己养活自己，存足了钱——美国人的钱着实容易赚——去跟女儿过活了。有人说，她跟黑人大兵重续了旧缘，在阳光普照四季如春的南加州两人组成了快乐的新家庭——黑人也有好人哪。是的是的，有人证实此事不虚，说是亲眼看见他们一起在 Safeway 买菜，只是那黑人依旧一样黑得走过来还是只看见上下衣服，看不见眉目，所以到现在我们还是不清楚他长得到底是个什么样子。

女儿的后来呢？哎，你也是不得不放下成见的，据说她学成以后表现卓越，现在已是个环球巡回演奏的名钢琴家了，跟她合作的都是世界著名交响乐团不说，每次出场费都是好几万美金呢，算算台币就不得了了。那是给迫上钢琴的我们的儿女们望尘莫及的，而她之远超过了从前那位钢琴老师——他们果真好过吗？——更是不用说的了。对她某天荣归故乡，让我们能够再次听到很多年前那曾经陪伴我们走过巷子的琴声，我们都在引颈延耳盼望着。

这期间，时局在和平稳定中逐渐走向繁荣进步，人民安居乐业，思想随之开放。林家母女的各种事端如果发生在此刻，不会让我们再动一根眉毛，而曾经让我们或悲或欣的情节也都一一成为普通常事，再不会引起我们的注意，启动我们的感想评论或遐思了。

那一种纯粹的、固执的，耽溺而坚绝的，不惜殉之以性命的热情，获得了适当的调整和修正，现在的丰足的快乐的我们，再不会像前人那样天真愚蠢了。

啊是的，我们没忘记大房的五个女儿们，果然个个不负众望，四人嫁给了门当户对一个比一个蠢的豪门子弟，一人变成了牙医夫人。你知道牙医临床风险少，而人们牙齿有够糟的，所以现在已成了首选婚嫁对象了。无可疑问地，五位女儿都延续了我们城市上流阶层的正脉传统，各个都启动了似锦的前程。

人物穿梭，事物启动，暑来寒往日起夜歇，稳定有序的节奏在我们的巷子里重复和持续，生活不因变动而变动，时间进行，时间也静止，一进入这里就进入永恒，直到一天你惊觉年华已尽。

不见有人再住进绿门房子，墙头的石灰剥落了，裂隙探出长长的茅草，九重葛的藤枝任性伸张，洋红色的花朵放肆叠缀，覆盖着大门，缠住了小门。屋顶的苔藓又绵延成暗绿色的厚毯，重新掩盖了曾经像玻璃天窗的那一片青瓦。羊齿的种子无处不飘，飘到了屋顶的，在苔毯里生根抽芽，骨瘦的手指一样悬伸下来，攫据着腐烂的屋檐，落在墙缝里的抽出细细的茎梗攀满墙面。缅栀含笑和橄榄三树从来没人管过，索性茂长成一大片罗网交错，挡住了所有的光线。庭院阴森森起来，变成了莽园。

只有在这里，你看见了光阴的流逝和累积。

橄榄掉落在地上，你走过时，听见一颗一颗寂寞地打在门后的泥土地上。

想必是一满地的了。

温暖的夏日，当黑夜缓慢降临，白天的浮躁逐渐化为无形，屋舍和行人和九重葛的颜色退出了眼线，缅栀和含笑的花香在嗅觉中愈是馥郁的时候，一条漂亮的白底红花衣连裙和一件浅色小花上衣，还牵着袖口，在没有底的寂静的巷子里，依旧幽灵似的飘走着，仿佛是记忆。

2. 美少年

台风过后的第二天早晨，小木桥底下漂荡了一具人体。

这一条敞流在两条街之间的下水道平日深不过腰，只能浮晃着一些落叶杂草和闲人随手乱扔的垃圾。昨夜大雨宣泄不及——我们城市总有这排水问题——水位上涨，不知从哪里漂来了人体，被吹断在沟中的树枝树叶挡住了，搁浅在桥桩之间。

刑警大队打捞到岸上，拨开了腐草乱叶而显出面目时，围观的人莫不为那少见的俊美而啧啧称奇。

是自杀？是失足意外？昨夜圳水漫上了街面，圳道和路面的确合成了不分的一片。是被人推去了水里？是他处做的案子转移到了这里？

　　侦察人员先从失踪人口着手，照片送去各大报社，贴上布告栏和电线杆，全城公开寻人。那俊美的面容公布于世时，据说连高层都注意了起来，平日言论一向受到严格管制的媒体从而得到自由发布消息的许可。

　　依照专案人员提供的线索，记者们展开文才和想象力，每天在首页以头条为我们报道案情的进展。至于不约而同都采用了大型字体，据说是为了让眼力较差的高层容易阅读的缘故。

　　身上并无弹孔刀伤勒痕等，也没有挣扎撞跌殴打的痕迹，他杀有待实证；胃中没有残余药物或酒精，排除中毒或被毒的猜测；身体外在各处和内在器官等都很完好，健康上没有问题；城市四周并不缺乏流势可载重物的河川海洋，迢迢搬运过来抛弃在浅水沟里未免太愚蠢，所以现场应该就在附近。

　　种种假设经过审慎的推理以后，以意外或自杀为最可能，啊是的，那一俊美的面容在眉目之间，透露着似乎是只有情愿和不悔的人，才会有的一种奇异的安详、一种平和的神情呢。

　　头发、指纹、沾土、腰际的三根不明毛发等，都送去了化验室。法医在胸前找到一枚小刺花，黛青色的笔画，似乎刺在身上有些时日了。刺花图档公布在报上，供大众认证。灰灰的一片底上，一个孤零零的形状，像一个寂寞的伤痕，还是一张小小的张着的口。

什么意思呢？黑帮的标志？密党的暗码？宗教团体的图像？某人某事的代号？亲密的隐私默契？

因这朵刺青案情凄迷起来，戒严时期的平稳宁静生活给波动了，出现了难得的热情。想到总裁每天早晨也和我们一样急急打开报纸，密切追踪同一条新闻，我们都感到了欢欣和鼓励。

我们每早醒来就翻身起床，忙把一满页文字摊开在早饭桌上，一边喝着稀饭豆浆豆花等一边迫不及待地一个字一个字吞噬，饥饿着更多的叙述，希望案子愈惨愈好。

化验的结果出来了，不明毛发是狗毛。侦察人员随即展开行动寻找附近的养狗人家，找到了一位将军的住所，因为属军方管辖，防务部特别颁发搜查许可证。

房屋内外都仔细翻看过了，收集了狗毛、泥土，以及若干其他有疑物件，一一装袋作注带回了侦办所。

想不到化验出令人吃惊的结果，将军家的狗毛、泥土等都和犯案证物属于同一类型，而将军的独子，真奇怪，竟跟那溺水青年一样俊美，在他手腕附近若隐若现有一个小疤痕，则是愈看愈像那一枚刺青呢。

侦察人员立刻把将军住所列为犯案第一现场，迅速拘押了厨工、司机、勤务兵、女佣等人，开始了严刑审问。

将军及家人则禁足待查。

案情急转，绮情呼之欲出，我们都引颈等待那爆炸性的细节公布出来。这其间，记者们不负众望，不懈地探索追寻，为我们推研各种可能性，生花妙笔写出了比目击身历还更生动的奇情艳节。我们随办案人员一起投入案子陷入故事，兴奋地跟随，精神抖擞。

殷殷期待中不觉一个月过去了，一天打开报纸到底是看到了宣告破案的消息——一件因风雨夜归视线不明脚步不慎落入水中的意外事件。

我们的失望程度可想而知；澎湃的激情奔浪怎么瞬间化作一条涓涓细流，就这么随圳水流走了呢。

没有一个人相信刑警队的说法。沸沸扬扬侦探了这许久，连起诉审判都没有，只以意外事件草草结案，明显是有隐情的。要是发生在一个普通老百姓身上，不要说起诉审判极刑严惩了，送去火烧岛也是可能的。啊我们记了起来，将军可不是普通老百姓哪，他是位曾经献身征战立过汗马功劳的忠贞人士哪。就这么一个儿子，想必有关当局法外留情特殊考虑了。

我们都为将军消灾离难松了口气，说实在，当黑轿车带着穿土黄色中山装的办案人员前来敲打将军家的大门时，我们都替他捏了一把冷汗，深为他或许跟重要人物有什么忌惮纠结而担心呢。这么看来，最高当局原来也是念旧的，也是有人情味的呢。

无论如何，年轻人由此而脱罪，我们也真替他高兴。将门之子，天之骄子，大好的明天还在前边等着他哪。

案件从报上消失，禁言令再度启动，生活恢复了平常。一件叛案新发，据说涉及的几位教授就住在本区。

将军迅速把儿子送出了岛屿。你知道那时大家都得通过留学考试才出得去的，将军能为儿子免除各种关卡手续，据说是依循了天才青年免试出境的条例，想必也是动用了特权的。如此匆匆行动，愈见事情不简单。据说将军自动向"中央"请求除役的时候，"中央"慰留了一番后也就批准了。司机厨子秘书等都退回了公家，其中自然多为情报人员。勤务兵老张自小从家乡带来，还是留在身边。在防务部保证将军要住到什么时候就住到什么时候，绝不逼迁的承诺下，一家人搬出了温州街的官舍。

本来还在等候晋升的将军，就此不再介入军政，搬去了乡下什么地方，经营起一家豆浆烧饼油条店来。论手上活计，只会放枪杀人的将军哪会做什么饼食的？自然是忠心耿耿的老张在打点了，但是若你经过巷子，倒总能看见将军和夫人两人从早到晚都在那爿小小的店铺里忙进忙出的。穿起便服的将军看起来像个老百姓了。办案期间据说不堪骚扰得上忧郁症的夫人似乎也恢复了精神，只是身上不见了精工裁剪的旗袍，换上的是本省女子爱穿的衣连裙，常是一件耐脏的豆红色。

想必是起用了军队的标准吧，小店开得比别家都干净，没有桌面让你手肘黏答答的情况，或者椅缝间颤动着两根蟑螂胡须的怕人景象。烧饼则是做得外皮酥脆内层软润，劲道恰到好处，冒着出炉的热气剪开来，夹进现炸的金黄色的油条，那拿在手中，香在鼻前，一口咬下去，芝麻在齿间爆开的爽快，叫人一吃再想吃，不久店前就出现排队的人潮了。

将军转业成功，使人不得不再评估几年前的那一件离奇的案件，说它改变了将军的命运，应该是不为过。如果那件事不曾发生，将军此刻怕不已是三军统帅总司令了。不过是案件没发生，一帆风顺做到了青云上的将帅好呢？还是发生了变成了广受大众欢迎的烧饼店老板好？这就要问本人的感受和意愿了。

台风又来的时候，风雨声中我们不免想起那位溺水美少年来。风雨交加的那一个夜晚，为什么他要出来呢？沿着汹涌上涨的圳水走着的那时，为什么不小心而至于落入了圳道呢？风雨激狂地吹打身边，独自一个人，湿透了的他为什么会因一时的糊涂把自己没入了水里呢，难道他不知道，无论怎样浮沉，他的身体必定会漂流起来，漂浮上来，必定会搁浅而被人发现？

而胸口的那一朵刺花，要为他诉说什么以便让世界明白呢？那一朵悲伤的花样于他是有着怎样特殊的意义，竟要把它铭刻在胸口呢？

至于将军之子的后来故事，啊如果你有机会去旧金山玩，可别错过了市立芭蕾舞团的表演。此舞团基本训练扎实，团员品质整齐，无论古典还是现代都跳得好极了。你在欣赏的时候，不妨多留意一下台上的男主角，那身材和舞姿都优美到令人心动的华裔舞者，就是他了。

原载《印刻文学生活志》第 8 卷第 7 期，
总号 103 期，2012 年 3 月

夜
渡

因某种机缘，我在中国西南滇黔地区逗留了一段时间，观察体验到了一些当地的风物人情。在诸多沈从文式的温柔纯朴善良之外，让我感受更深的是原住民男子的酗酒和女子的精神失常问题。特别是后者，乡土方圆之内，每天的日常生活，你竟能随时随地遇见神情恍惚举止失序的女子，尤以未成年少女为多，令人不得不重新估量起事情来，我还以为忧郁症多发生在成年人和知识分子之间，并且集中在城市呢。

疾病来袭自然不会指定人选，原住民的情形又跟贫穷不脱关系，也许社会各方面都在发展进步中，但是受惠者以贪官污吏奸商为多，小民在生活上并没有得到足够的改善而能心情愉快，更不必说垫在社会底层的原住民了。我曾去过山里一个村落，仍旧是在泥土地挖洞为灶，拾柴为薪，而蛋白质的来源是靠运气好时在田间水里捞捉到的泥鳅青蛙等。原住民女子的地位又在底层的底层，女孩子多不能入学，从蹒跚会走路起，就得撑负沉重的家务，晦暗的生活甬道一辈子出现不了前光，谁会开心起来呢。

温和善良是美好的天性，然而和它同时一起存在的是消极的生活方式，对现世和未来都不期待，一种悲观的宿命思想，在族人之间是这样地普遍，让人不得不猜想，除了经济情况以外，前述问题的严重是否跟这对生命的看法和做法也有某种关联呢？

　　后来我读到一则报道，说是水域的这里自杀率是全世界最高的，从秦汉经明清至民国和解放而不止，只不过时多时少而已，风气及于社会各阶层，代代相传重复发生，不管家境背景，以至于当地人家竟没有家人不自杀的记录。

　　其中尤以年轻情侣为多，爱到极点成婚无望，于是两人约好时间，穿戴上新衣新帽，出游一般去到峡谷岩巅水岸等，往往在某种仪式之后，如文中所引古载："则雍容就死，携手结襟，同滚岩下，至粉身碎骨，肝脑涂地，固所愿也。"民间有"落岩之俗"的说法，可见跳崖已普通得变成了一种习惯了。

　　报道在寻死的节段上颇下功夫，写得浪漫又美丽，把论述当成了散文在写，抒情得了不得，只是将树林里挂着的人体比作果实累累未免言过其实，而把夜晚水上的点点火光说成是情侣们的眼睛，更是以直觉和想象取代纪实，简直像写小说了，看来记者不是专业意识不太够就是想取悦读者乱打知名度，这些都是我们文字界的特点。不过河水眼睛的说法倒是使人想起了沈从文在自传里写到的，把爱情关系上不老实的女子剥光了衣服绑上了大石，放在小船上推入河心的此地的沉河古习了。

　　论述引用的一些数据颇令人惊奇，动辄上百人不等，在人数和频率方面使人不得不想起屡见于中国历史的剿匪清乡来。这些历史事件的肇始者，像专家们指出，不是该死的愚民、不听话的暴民，就是官逼民反铤而走险的革命家们——自然看你用什么观点。在都会里有人不想活对自己又下不了手时，往往会故意做出暴烈的行为招惹警察开枪来达到目的。如果前述精神失序问题这样普遍，那么，清乡等事件的参与者之中，是否也有一部分人，或甚至于全体造反人众，其实是不想活到也采用了类近的手段，借官兵之力来达到终极目的呢？

　　自杀不分古今中外国家民族，例如特爱自杀的日本人，只看二十世纪，只数我们熟知的作家如芥川龙之介、三岛由纪夫、江藤淳、川端康成等，就数也数不清，其中一九七〇年三岛带领自卫队学生剖腹大约是最轰动的。来到二十一世纪，你要是点开网路，随时又能读到日本人招集同伴共赴盛举的讯息。西洋世界的作家们、画家、音乐家们的自杀名单可以成为一本厚书，而动辄数百人的教派集体行动也是惊天动地，例如一九七八年圭亚那"人民圣殿教"九百一十三人在南美莽林内一起服下氰化钾饮料；一九九四年魁北克"太阳圣殿教"自杀活动持续了三年不断；一九九七年加州圣地亚哥"天堂之门"三十九位信徒相信唯有离开人间才能由幽浮接去星空获得永生。二〇〇〇年非洲乌干达"十诫复兴运动"参加人数竟达千人之多。其中一九九三年四月美国"大卫教派"驻守德州维可郡的一座庄园，和联邦调查局对峙五十多天，最后双方爆发枪战，一把大火烧尽了人与屋，事后发现火是从庄园内起的，正是一个以暴兴暴，借对方之力自焚而绝的佳例。

在水域的这里，乡志记录多得不胜举，民歌也传颂了不少本事，人人知晓的《天地的声音》就诉说了一百六十人同时跳崖的经过。到了现代时期，民国革命并没有改变情况。一九四九年以后似乎遏止了趋势，却不过是消息不通的缘故，一切仍都在不间断地发生着，例如二十世纪六〇年代就又有八对情侣共十六人结伴赴水的例子。

不论在哪一个国家，哪一种民族，属于什么性质，为文学理想也好，出自宗教理念、社会意识也好，这些行动都不缺乏信徒式的奔赴天国的热诚和坚决。和前述中外各例一样，据说水域男女也一样不把寻死当成悲剧的。殉情者往往事先会收理了平日喜爱的物件随身携带，还会花上好几天工夫上市集采购红头绳、彩帛带、象牙梳子、金帽圈、银项圈、羊皮披肩、口弦竹笛、长短刀等，自然也不会忘记美食美酒糖果和糕点的。

他们最常去的地方是玉龙山，在山脚的杜鹃花丛间吹笙跳鼓唱曲飨宴之后，双双就向雪山跋涉，到了最幽美的地点，就会以他们选择的方式完成意愿。据说他们的魂灵将经过石峭树尖的艰险第一国、草木不生的荒原第二国，过一座木桥，穿过一大片云杉林的入口，就会抵达旅程的终点，"金花不谢，金果不落"在永恒的光辉中等待着他们的"玉龙第三国"，在那里他们就能获得人间没有的不老的青春和不谢的爱情了。

脱尘超俗、险峻奇美的玉龙山在纳西自治区，海拔五千多尺的峻岭如蟠龙蜿蜒，永远覆盖着晶莹的白雪，所以得其美名，乡民相信它是由最崇敬的三朵神卫护着的。据说三朵神是一位戴白盔穿白甲、手执白矛、骑白马的神将，全身雪白的想象自然基于永不融化的山巅白雪，但是那俊美神气的模样不啻也是人间思慕的白马王子了。隐秘在山中的"玉龙第三国"又是什么样子呢，倒也不难在文字和图画中找到清楚的描述。

它是一个日月星辰同列在蓝天，白云缭绕在雪白山巅，树木长青，繁花盛开，青草在地上铺成厚毯，一年四季永远暖如春天的美乡，其间走歇着五彩的雄鸟孔雀，花纹斑斓的老虎，健硕的鹿群马群，犄角闪亮的犀牛大象牛羊，还有活泼的獐子驴骡鸡犬等；那里有穿不完的绫罗绸缎，吃不完的鲜果珍肴，喝不完的甜奶美酒；那里没有战争灾害疾病，没有贫富不均，没有悲伤忧愁，人人和善亲爱。那是一个美丽绝伦、物我两欢、自由平等博爱的原乡。

笼罩在悲观文化中的生存，自然容易苦中作乐，想出了比《论语》的大同世界和魏晋桃花源还更美的乌托之邦，普通人的我们能揣摩了解却不敢苟同。他们如此无理性的妄想，学者专家孜孜研究之后告诉我们莫非是在文化背景历史过渡社会现实权力斗争，儒家婚姻性别伦理取代原住民价值观等等上出了问题。只是我们一边受教开释，一边免不了另有心思——尤其是每每遇见这许多言行恍然的女孩子时——环绕史政经社等等论述的大道理是否触及的都是事态的表层，那内在的迹象、隐藏的冲动，其实不过来自一种天生的性情、直觉的感受、自然的生活，来自一种简单的宿命论，和由这些种种酝酿而成的抑郁症呢？

你可别忙着大声斥笑这种说法的荒唐，低估了忧郁之为非凡的精神，和它能启动的巨大的能量了。

并不是为了追究以上问题，我再访水域，这世界最美丽也最悲凉的地方。

黄昏船泊江岸，等待最后一批上船的旅客。

秋分已过，湿热减消，阴雨开始前的短暂凉爽季节是旅游的旺季，彼村即将举行一年一度的丰收祭，是否真正丰收并不要紧，目的是借此发展商机招徕游客，十月假期带来的经济利益非常重要，乡村一年的生活端看这一季的生意。

小客轮是加开的班次，又是夜渡，船上不算真挤，里外却仍是一片嘈杂，吆喝口令的、唤人的、对谈的、叫卖的，华夏民族真是个呼喊的民族。身体的气味，发油的气味，食物的气味。我跟一个七八岁模样的小贩买了几个烤粑粑，准备当作晚食。

船终于收缆起锚，迎夕光的江面溯水向前，这程要一夜时间，预计天亮时可航达对岸的彼村。

双人舱一直不见另有人进来，我把行李都抛去上铺，舒服地占据了整个舱室。梳辫子的服务员推着小车来到舱门口送暖水瓶和茶叶，我请她留下两三个菊花茶包即可。一向有失眠问题的人晚间不宜喝真茶，尤其在旅行中。

身旁既然没有别人，岂不正好吃东西？我提醒自己。热水瓶里的水够烫，廉价茶袋一冲下去就散出了碎末，也还能泡出那么一点似乎绕在鼻底的香气。

舱壁上的一方晚霞渐暗淡了，暮霭开始烟雾一样飘流过窗框。伸头出窗外，你可以看见航行的船身在河面划出鳞羽形的水纹，低矮的山峦随飘流的暮霭绵延，滋润柔丽的南方山水，据说血色改变水色的殊死战役就不止一次发生过在这里。

面饼很硬，咬起来颇费齿力，使人怀想起台北街头的硬软完美的葱油饼萝卜丝饼润饼来，味道则单纯而粗犷。一个嚼完便已足够，其余就让它原样封在塑胶袋里吧。我从背包找出牙刷去厕所，回来后便准备歇息。

没有睡意，离入夜还有一段时辰，我找出上岸前买的报纸，脱去鞋子斜靠在铺盖的一头，就着壁灯的微光，一页页翻读起来。

这么读着读着，眼皮竟沉重了。

舱门上响起悉索的声音，随后门轻轻给推开了，正懊恼服务生又不敲门时，一前一后进来两位女子。

没料到里边已经有人，二人露出意外的神情，不好意思地连声说对不起。

在船上迷失了方向走错了舱位，好不容易总算是摸索到了这里。原来是母亲带着女儿旅行。

母亲看来很年轻，和女儿更像是姐妹。二人上身都穿着一式的宽袖白衫，外罩深色背心，下身是长裙。裙色女儿是水红色，母亲是天青的，几样简洁明快的颜色搭配得俗丽又生动。纯色衣裙的腰间各自系有一条寸宽的五彩围腰，花叶图案织绣得细致美丽。

她们都披了一件短披肩。

让我来说说这当地人称为"披星戴月"的披肩吧，我见过的民族服饰中最有趣的要算是这一件了。它的正面是寸宽的两条白肩带，在胸前交错，然后绕腰系在背后。带子越肩接上一块上好黑羊皮鞣制成的肩坎。肩坎周边镶着同色绒边，上方各有一个约两寸直径的圆盘，下摆七个小圆盘一字排开，这些都用缤纷的彩线精工绣织而成。

不消说，和本地每事每物一样，九圆图案背后也有个奇妙的传说：据说从前有一个凶狠的旱魔，放出了八个太阳，和天上原有的一个轮番灼烤大地，黑夜不见了，江河湖海都干涸了，人间是一片焦黄。后来出现一位无畏的姑娘，一口气吞下炎炎九日中的八日，在腹里弄凉了它们再吐出来，其中一日变成月亮，其余七日变成七个并列的星辰。为了表彰姑娘的英勇，神明赐给了她一件就是这里的"肩担日月，背负星星"的披肩了。

身上豪美，头上一样慎重，女儿是两条乌亮扎实的辫子，尾端系着红头绳，母亲的一头黑发编成绕头的一粗圈，发里缠着青花蓝的——这里人最喜欢的颜色——丝帛带子，在头后打结，一路垂到了腰。

如此的盛装美服，是为了参加什么隆重的庆典盛会么？手上没见行李，想必是附近的居民了。

水瓶的水仍够热，可以再泡杯茶，塑胶袋内还有饼。

母亲谢了我，和女儿共用另一个杯子，接过食袋谢了又谢，递给了女儿。

"从外地来？"现在母亲坐在床缘，一边吹开散出水面的碎花瓣，一边礼貌地问。

我说是的。

"还习惯吧？"

我解释以前在这里住过一段时间。

"是吗？"她高兴地说，"你是本地人了。"

女儿坐在母亲身边，从塑胶袋里取出一个饼，其余放在膝头，两只手拿着，一细口一细口安静地吃起来——硬度显然不是问题，偶然转过头看母亲说话。

清秀的五官不见脂粉，蜜色的皮肤平紧而自生光泽。眉毛看来像是用心地修过，人说的新柳或远岫的眉形应该是这样的了，配着线条同样简约的单眼皮，眼睛给衬托得瞳黑眼白，愈发清纯明亮。偶然露出还没被烟气熏黄或者酒色染黄的小白牙齿，典型的明眸善睐皓齿的原乡女子。

执饼的姿势很好看，那是因为手指好看的缘故。

花季少女的一双手，手面一点瑕疵皱纹都没有，玉似的手指皙白圆润，或许人可以用各种方式让脸不见老，手却是藏不住秘密的。这么美的手指，难怪绣得出披肩上的巧图。

也是去彼村吧？我转过头来问母亲。

母亲说是。

赶会吗？只有庆会才值得这一身装饰，不是么？不过这只是我的猜测。

"对嗳。"她露出欢喜的神情。

我也很高兴，问她去的是否也是丰年祭。

可真是一年一度最热闹的日子了，她回答。

不过不在同一处。

那么在哪里？我问。

在玉龙山脚呢。

啊，我知道玉龙山的，那是一个脱尘超俗、美丽绝伦的地方。

"不是很远吗？"我说。

"不，"她说，"不远的，你看，不论你走到哪里，从哪里望，山巅都能望见的？"

嗯，是的，就像你到了宜兰、花莲，从哪个角度都能望见中央山脉一样。

"是怎样的一种聚会呢？"我问。

"噢，"她说，"也是要点大香的呢。"

带上蜂蜜牛奶酥油、水果鲜花，吹笛吹笙弹簧片，对歌围舞一整天。她说。

然后呢，我问。

"到了那里，只要到了那里，"她笑起来，"然后，就会有一辈子的好日子了。"

是的，我知道，那是许诺了生命永远年轻、爱情永远热情的地方。

"真的？"我只是笑着重复她的话，"然后就一辈子有好日子了？"

"可不是嗳，你真心诚意，白天晚上，念着记着，"她说，"只等那一生一世只遇一次的缘分哪。"

她的两颊红亮起来，出现了一种神采。我想起我的对宗教热心的朋友们，每当他们谈到他们的教友活动，尤其是规劝旁人一同参加的时候，脸上现出的神气。经济生活充裕、教育水平高的我的这些朋友们，如果说宗教活动是一项除了瑜伽网球高尔夫麻将社交以及环球旅游以外的为了寄托或消遣逃避的另一个选择，自然不公平，而且这是用怀疑的态度来揣度信徒们的诚意了，可是如果认为对虚空生活的惶然，对孤独的畏惧，对生命倏忽无常的恐惧等，督促人们——包括我自己在内——礼拜天走进教堂或寺庙，用身在人众的虚拟的安全感，借点烛烧香、祈祷念经颂唱等的驱魔仪式，赶走这些忧郁症的潜伏因子，取得某种安心，应该是离题不远，或者是不须直说的主要原因吧。

然而于她，她说得这样自然，无论和宗教信仰有没有关系，却像是生来的想法、油然的感受，活着只为做这件事而已。

我是不信她说的神话的，它存在于华丽的语言中，没有实质，然而不加怀疑全盘接受，冰清玉洁地相信它，却让我感到凛然；不但是身体，她们的精神也穿着盛装，我甚至歉疚地羡慕了起来。

若是有了这种天赋的热情，日子却要单纯轻松许多，不正是一种可遇而不可求的幸福了？

我开始不知怎么接口，唯诺支吾。想必是以为对方倦了，她自己收住了言语。

二人同睡一榻，上下不方便，我腾让出下铺，她谢了又谢。

"不会太挤吧?"我礼貌地关心。

"没事,天亮就到了。"母亲说。

"请顺手关灯,晚安。"我说。

舱内骤然黑下来,一小块夜光原来始终亮在地板上,一直静静地听着我们说话呢。

窗外雾霭已经消散,干净的靛蓝色天空闪着几颗星子,月亮不知在哪儿。马达声朦胧地卷在水声里,河面有渔人点灯撑竹排,身旁伫立着忠心的鸬鹚鸟。镂花面纱似的渔网朝美丽如脸的河面撒去,向着透亮的夜光。

守夜的哪位水手在船头弹二弦,弦音带着淡淡的哀愁,诉说着久远的故事——从前有个美丽的姑娘——夜是这么地温柔。

谁在唱呀,从下铺传来歌声,细细的,有时低微得听不见了,有时又挑亮了起来,稚气的,忧伤又带着点甜蜜的,想念的,一首小曲。记下在笔记本子里吧,我有支尾端带电光的笔。

远近水面零星漂起了暖暖闪烁着的光点——是殉情爱人们和沉河女子们的眼睛么?

——每人都在温柔的歌声中睡着了。

内外沉静,天色灰蒙蒙。盥洗室还没开始挤呢,我提醒自己，拿起皱在脚边的外衣和手袋，扶着铁栏蹑手蹑脚翻爬下来。

铺盖平整叠在床尾，上边搁放着恢复原状的枕头——下铺没有了人。

什么时候起来的？什么时候离开舱？是性急早早去了甲板，为了赶在别人前下船吗？这样做是很有必要的。

不等天亮世界就重新噪聒起来，喊话声、呼叫声，又是一片勃勃生机欣欣向荣。昨晚送热水瓶的女孩子再出现舱门口，梳着整齐的辫子。

"另两位旅客去舱外了吗？"我问。

"什么旅客？"她说，一边把热水瓶放在小车的底层，茶杯放去上层，剩水倒进挂在旁边的一个塑胶桶里，手脚熟练利落。

"你运气挺好，昨晚一整舱都归了你。"

"下铺睡了两个人的。"

"是吗？"她不经意地回答。

的确半夜进来了两位女子。

"是吗，不成是偷渡的家伙，趁天黑水浅跳滩了？"她笑着说，并不当真。

看出我的迷惑，她说，"这事不稀奇，我们这里人都识水性的。"

我问如果捉到了会是怎样的处罚。

"没事，船不挤，何况熟人带上来也有可能。"

别好心，我在心里嘀咕，怕不就是你带上来的，只有你知道这舱有空铺。嗯，一定的，辫子可不也扎着一样的红头绳！

"就上岸了，东西都拿好。"收毕离开前，她善意地提醒。

记忆游离起来，昨夜的确有两位女子进来；没有人进来；确实跟人说了话；没跟人说话；发生过；没有发生过；难道是日思夜梦，梦里自问自答不成？

啊，笔记本，我想起来，提醒自己，是的，文字纪实，可以确证。

来回翻找到那一页，果然清楚地记写了——

封锁了眼睛，能看见你。

蒙蔽了耳朵，能听见你。

没有了腿脚能走向你，切断了手臂能拥抱你。

摘取了心，头能认出你。移走了头，心能思念你。

在我的身子里燃烧，就用我的血液承载着火焰的你。

是女儿的歌词还是他人的诗文？是昨夜听记下的还是以前抄录的？

一句接一句，祷词、经文、颂歌一样的咒语，发挥绥靖功能，安抚着各种各类的悲伤、抑郁、惶恐、忧惧，混乱，和热情。

乘船走到水深的河心，牵手从甲板翻入水，做了和祖先们一样为河水添增眼睛的事情，我并不会觉得惊奇，或者要去伪善地惋叹些什么。问题都留给专家们去追究吧，于我，她们的故事很简单，而且不需再次说明，走在她们前面的人已经为她们一一陈诉清楚。

不过这样落入水里，就要辜负了那一身的美服了；多少日月星辰，多少光阴，宇宙的天长和地久，都编织在针线里，载负在背脊上哪。

或者这又是我自己的胡思乱想了；我应该相信热水瓶服务员的话，那是要扎实得多的——不买船票的偷渡客，趁黄昏天色浑暗偷偷上了船，等船开航了，又偷偷溜进一间有空铺的，另一个乘客是个愚蠢的外乡人的舱房，有吃有喝有睡地舒服过了夜，等近岸水浅天还黑摸摸的，跳船踏滩上岸去了。据说这种事这里常有又不胜防，难怪服务员都懒得管了。

而我再来水域不过是为了丰年祭，这一年一度的盛会，听说附近各族乡民都会赶来一同庆祝的。男子们会扎着新浆洗的包头，戴着漂亮的半卷边毡帽，腰挟小刀，手牵牲口，携带了特产药材和乐器等。女子梳起乌亮的发髻和辫子，耳上颈前缀满琳琅的金银珠玉，无论是短衣长裙颜色都配搭得鲜明又艳丽。

除了前边说到的七星披肩以外，你会看见另一件服饰又不能更亮眼，就是全银打制的头冠了。如果七星披肩数最有趣，银冠就数最华丽，也是非得跟你细述一下不可的。

这是纯银用到了二三十两，制作程序考究非凡的精工手艺呢，从头到尾费上个把月到几年的工夫都不稀奇，打造过程中又非得心手相应、专心一致，不能有别的想念的。

首先你得通局都计划透彻，图饰都描画清楚了，银块砸碎，放在坩埚里加热溶成液，灌进大小上百个铜模里，塑出各式各样的花案。然后依图稿你得一一反复校对，每件都要磋磨得玲珑轻巧栩栩如生，模子塑不出的就要用巧工细细雕镂出来，这部分最见创意。花案则要包含日月星辰飞禽走兽鱼鸟花卉草虫，自然界你能看见的都得在内。

焊接工程决定整件的形状和规模，一下手就不好再改动，重要性和艰难度就不必说的了。焊剂的配制、火头的温度、镶嵌的位置等等都要拿捏恰好，各现神机，靠才分和经验，还有特别灵巧的手指功夫，不是看谱看得会的。

银链银钩银丝银圈等都齐备了，现在要以无比精准的手艺和耐心，开始焊接和连缀，一片片，一簇簇，一层层，一叠叠。

朵朵的花蕾，婆娑的枝叶，累累的果实，跳跃的草虫，振翼的禽雀；百鸟朝凤，蜻蜓点水，池鱼相欢，蝴蝶沾花，蟋蟀斗角，各式各样婷婷袅袅，摇曳一下就熠熠生辉，轻碰一下就叮当响在了一起。

在各种忧郁症因素围袭的生活中，集中精神镂嵌一顶华冠，和那七星披肩一样，它也载尽了宇宙天地人间的精神。当地人家没有家里人不自杀的说法或许还有待证实，每家人就是千方百计不顾一切也得备出这一顶银冠却不假，而且和前者一样，这习惯也是古往今来代代相传，不管家境背景的。

你一定能想象原乡女子，尤其是年轻的姑娘们戴上它时有多么地标致了，那是人人都变成了下凡天仙，个个都美得像公主新娘呢。啊，是的，丰年节正是和有情人相遇，缔结良缘，某日成为新娘的首选时光。

投崖落水或许使爱情崩解了消灭了，在冬天到来前的这一个欢庆的好日子，爱情又将在满怀的希望中新生和萌长。

愿她们平安下了船，一路顺风，赶上了她们的盛会，玩得欢欣畅快。愿她们到达了花不谢果不落的目的地，遇见了有缘的伙伴，完成了心愿，获得了永生的幸福。

这次再来，自然又有很多事物要见识观赏品尝的，食物中的一件是上回错过了的叫作"玉指"的渍菜。说是把秋收的上好大白菜去叶留梗，切成长短粗细一个样式，装进小陶瓮，浸在干净的盐水里三五天，一条条整洁的青白菜梗透出晶莹圆润的光泽，玉似的手指一样，就得了它很美的名称了。

原载《短篇小说》第 5 期，2013 年 2 月

三月萤火

下班以后驻留"夜光",莫非是想沉淀一天的混浊心情,至少独酌时间不须和问题正面纠缠,或许情况会松软下来,自动消解,靠惰性将一切回复平常,我是这么希望的。

文编工作虽然坐在安稳的办公室内,未必没有辛苦的一面,你得读不少不想读不愿读的东西,校阅一天下来常把人的性情都改变了,遇到必须把平庸当卓越、无味当有趣来处理的时候,更是怨起了作者,恨起了自己。民主时代的文字事业不再受制于政治禁忌,却要取悦于市场,我们得奉承畅销作家和购买力强的年轻读者群,追随时尚题目,配合庶民趣味,提倡轻松愉快的写法。在岗位上做得愈久愈顺手,对着办公室满满堆放着的从书店一下架从记忆就消失的琳琅业绩,愈觉得生命在无意义中的耗费。

正觉无奈的这种心情,在一个午夜夫人把我摇醒,突然要求分手时,所感到的意外和委屈也就可想而知了。我不明白夫人为何有这样的念头。既然身为本城文化人士,自然时有女性主动提出优惠,只是这类关系耗时费力,新鲜劲一失终究也是乏味的。事情避免不了,我却没当真过,每天照旧回家,薪水自动上交,对夫人的情感多年来基本上改变不多,以本城标准应该算是个好男人了。我知道夫人只是试探威胁而已,不会真正诉之于法律行动的,婚约生活若是到了每日饭桌上相对无言而想启动什么兴味的时候，莫非靠在男女关系上翻弄一些花样来翻新一点热情罢了，只是意见由夫人而不是我提出，晨起面对镜子时，不免使人对镜里那人起了怀疑。

烦恼转成挫折感，转成一种疲惫、一种索然。所谓人的沉沦不可避免，就是在滴水穿石的日常生活中，曾有的信誓一点点地消失，在你发现时，却已无法扭转或回头的事了。

"夜光"偏离大街，隐在一条巷子里，门口没有明显的店面，除了多出几盆盆栽以外像住家一样，自有一种身在市井心在幽径的风味。据说店主出身世家，却不想担当什么大业，无所事事之余家里给钱，就开了这么一间赚不了钱的饮店。我和一位前任同事有阵子常来这里小坐，他已因精神方面出现统合问题到外国休养了，我接下的总编位置正是他空出的。这位同事一向以理念高超业务严谨为业界所知，我之能迁升自然要感谢他，至于认真到把自己弄出了精神问题，却是我深引以为戒的。

这种时候，饮客通常只有我一人，颇具纨绔子弟洒脱的老板收集古典音乐唱片，常会放上一张弦乐独奏或者交响协奏之类，黑胶唱片播放的时候常会带着暗哑的底音，反使音色更加淳厚深沉，流动在空着的桌椅之间，很是适合夜歌的心情。

我常坐在靠墙的最后一个卡位，斜对着一扇长窗，窗外有一小片狭长的庭院，泥土地面和六七尺外的防火墙的裂缝抽长着蕨类植物，这边依窗攀爬在防盗铁栏旁侧有一丛垂枝蔷薇，暮冬的这时仍缀着暗红色的一两朵花，静静伫立在铁条间，别有一种安逸的气质。顶上天空狭窄，可是夜晚走到某时，月亮走到这片天顶，落下一条窄光，庭院就会舞台似的幽幽亮起来，窗框反映烁光，羊齿和蔷薇就颤颤莹莹的像生角了。

和气地打过招呼和拿来饮料后，老板就进去了后头。协奏曲幽幽流动在郁暗的空间，白日的虚妄仓皇逐渐消退，一种暂时的安然慢慢汇聚了。

他应该是坐在那儿已有了一会我才发现的。似乎和我有相差不多的中等身材，不过比我瘦削。低头坐在角落里的身子几乎没入了角落。两肘搁在桌面，合手围着杯子，偏暗的室内灯光没有照亮反而恍惚了他的五官，发披额前愈使眼眶陷落，只觉得颜面遍布着阴影，而骨的感觉很是明显，额头的骨架、眼眶、鼻梁、颧骨、颊骨，处处是骨，加上坐姿耸出的喉骨、肩骨，从这边看过去，像似看见了一幅毕卡索的蓝色人物画像。好朋友开枪自杀启动了毕卡索的蓝色时期，自杀事件发生在一九〇一年二月，后半年画家也陷入极严重的忧郁症，其间倒是出品了一系列无与伦比的动人画作。跟自己过不去以至于弄出事情来的例子在西洋艺术里层出不穷，我们华夏作家、画家们只跟社会、政治纠缠，不跟自己纠缠，确是轻松愉快得多。只是跟他们比，我们的艺文水准总像是少了几分深度，难道就是因为少了点忧郁症的缘故吗？

就是从外表来忖度，这郁暗的相貌和本城市民的肉欲贪婪真是不搭衬，显然这是个如果不是从外地来，就是属于另一种时代，或者说，生错了时代的人物呢。只是现实生活里不该让他出现，文艺的世界倒是非常通融的，如果你还记得，诸如旧俄小说里的无政府主义者、流浪人，二十世纪文学常见的热血知识分子、社会改造青年、革命烈士等，虚无主义者、异乡人等，不都是这样和我们的世界格格不入，随时就能变成精神病患或者向自己开枪的人物？啊，文艺的幽灵们，以何等的敏锐和苦斗留下了启示录一样的记录，使我们在世间蒙混过日子的时候，昭示了另一种存在。

峻峭的骨架载负着的眉眼鼻耳等，都由墙灯的灯罩截断了光源，一齐游离开脸表，流浪去了室内的晕暗空间。这一张年轻又苍茫、空无又深藏的脸，十多尺的距离外，一时竟使我感动了起来。

同情开始滋生，带着一点亲切的忧伤从心中涌起，这叫人吃惊，怎么会有这样的感觉呢？这不是没有了很久的一种称之为乡愁的东西吗？是的，很久以前，当理想还没有放弃，意志还没有缴械，生活还没有被官能统驭的时候，是曾有过一段人与周遭事物密切相应的敏感时光的。

是的，他如果不是从不切实际的书本里，就是从一个不属于我们的世代走过来。直觉告诉我，他必定载负着故事，难道他是特地为了我而出现，以便助我一臂之力么？

眼前站了人，他抬起头，从什么地方醒过来似的，现出诧异的神情，往前坐直了陷在墙角的身子，略倾斜了头，用骨长的手指把额前的披发掠去一边，露出怯生生的笑容。

身子这么一移动，头脸进入了灯照的范围，原来唇形很好看呢，来到特别秀气的这双唇，脸颜意外软化了起来，到底是在这里，比女性还更柔和细致的线条平衡了别处的崎岖。

微笑时它们绽出一隙黝黯的缝隙，似乎透露着沟通的意愿，当我坐下在他的面前，我是这么觉得的。

简单自我介绍后，我礼貌地问从哪里来。

"从外地。"他说。果如我所料。

"哪里呢？"我从烟包抽出两支烟，一支递给他。

"很远的地方。"他说。

"海外吗？"用桌上的火柴替彼此都点着了，我说，"回来还习惯吗？"

"我是这里长大的呢。"他和气地说。

原来是一个归乡人，看他的模样，外地生活似乎不太得意，大约是走了一圈经过一些事物后，倦鸟一只回来了。

回避了人的注意，我躲身在树后一个隐蔽角落，视觉焦点是家门。因加班而不在家的夜晚，夫人一个人在做什么呢？她会打扮得特别美丽，换上漂亮的衣服，裹进一件不显眼的外衣像连续剧里一样闪走过隐秘的街巷，去做我不可知的事，见我不可见的人吗？夫妻弄到想分手，除了情感出岔以外不会有其他原因的。

没有动静，二楼的玻璃门到了天黑就会伸出熟悉的双手将窗帘合上，而灯光总是午夜不到就熄了。但是这不能说明什么，人可以到家里来——我是分不清这栋楼内谁是住家谁是来客的——或者他早就在屋里了。他的样子比我体面吗？他各方面都比我成功吗？

我本能地看向角落，他坐在同样的位子。或者他也是常来此店的，沉湎在自己情绪里的我，只是现在才发现了他。

这么晚，也是一个人，难道一样是畏惧回家？那么我们是同病相怜了。

"告诉我，去了哪些地方？"我问。

"很有意思的地方。"他说。

"说说看。"我说，"我也常在外头跑的。例如香港、澳门、上海、新加坡、马来西亚、美国。"我跟他数起来。

"可真是不少地方呢。"他应道。

"都是为了业务而已。"我告诉他。

"你的工作一定很有意思了。"他说。

正好相反，我说，而且对旅行的兴趣我也不大。

下班时间一种隐约的期待在心中滋生起来，取代了惯有的颓惫，我匆匆收拾了桌面。

夜店的一角，各据一个座位，各拥一杯饮料，二陌生人开始了以后持续了一段时间的另一夜的对坐。

"外地，"他到底告诉我，"就是一个看守所了。"

"啊，这样？"我说。果然是有意思的地方。

有点意外，但并不惊奇，一位朋友就曾在那里关过好几年。

夜光来到一线天顶了，因为你可以看见庭院又像戏台一样幽幽地亮起来。

曾经是一栋神秘的屋舍，那森严的高墙经过的时候每人都要一边畏惧一边好奇地多看几眼。现在从里头走出来了亲历的人。那么，是什么原因给关了进去的？高墙的内里是怎样的地方？半夜听得见从深里传来的嘶喊吗？受过刑吗？问题开始排队等在唇边，一个个问号浮现二人对坐的空间。

然而他的瘦削的脸发出一种奇异的力量，像盾牌一样把问号一一截挡在半空中；我一个问题也没问，他不是已经在用沉陷进了自己身躯内的荫翳回答着我了吗？

我开始絮叨起自己来，内容无非就是前边提到的工作的琐鄙、人事的挫折、环境的颓废、婚姻爱情朋友同事等等的人情的荒谬了。

他常低着头，用骨长的手指拢着杯子，耐心地听着。我的故事终究是无趣的，说到一个程度自己也住了口。

沉默进入对坐的空间，两点红色的星火明明灭灭，吐向彼此的袅袅白烟恍惚了彼此的面目。

不过是参加了一个地下聚会，传看了一些禁书，撰写了几篇信誓旦旦的文章罢了。他告诉我。

可真是从遥远来，从一个以为光凭理想和意志就可以改变世界的时代呢。

"什么事也没干的。"他说。

是的，我明白，那是一个什么事也没干就随时人不见了的年代。

"不过学业中断了。"他说。念的是哲学。

"你可以再回学校。"我说。

"那没用的东西，还要再念下去吗？"

的确，一点也不错！我们都笑起来。他的笑容在忧郁中有一种让人心动的怯涩和单纯，关在里边倒是让他避过了世代的污染，怕是也有好处的。

"我的意思是，"他说，"沉湎在过去里没有什么好处。"

巷子里没有人认得出因工作关系昼伏夜出的我，我更不认识他们。那么，这样躲在公园树丛后是为了什么呢？

我问自己，要认证夫人的贞节？还是期待她出轨？其实后者更有趣，它是可以让人兴奋到重燃爱情之火的。

我没跟任何人提起遇见他，包括了夫人。和一个出现在偶然也会消失在偶然的陌生人成为知音，成为某种外人无法了解的友盟，道理其实很简单，正是因为彼此都不相干，在全然的陌生上可以建立起信任，至少我这边是这么想的。你不用担心说了的话一转身就变成讽谤你的一手资料，石子一样向你明扔暗掷过来。人的交往常是表面融洽和谐心里却巴望对方下一步就摔跤，摔得愈重愈好的。同情灾难不难，尤其是隔岸观火幸灾乐祸，分享成功却颇需要气度，你不能否认，无论人际关系是否亲和密切，嫉妒是普天下人人皆不缺少的最具动力的本性了。

我开始等下班的时间，比等一位新情人还期待。

时有时无，有头没尾，更像自说自话，我们的对谈总是这样在进行，又以无话为多。

"里边的日子是怎样的呢？"一次我问。

"开始的时候还寄望着明天，后来只有三餐最实际，这顿吃完了指望着下一顿，每天都是饿着的感觉，日子就这么过下去。"至于能够提前释放，是因为一位政界的长辈动用了关系。

"没送去外岛算是幸运的。"他说。

"你知道，"我想起了，"据说看守所后头往下走，以前是个刑场？"

"是的，我知道。"他说。

他自然是知道的，我改变话题，"现在你在做什么？"

灯影中的他不说话，"那么想做什么？"我问，"你不是会写的吗？"

"写什么？"他抬起头。

"例如，里边的经历，写出来，让大家都知道，不然不是白白给关了一场？"

"我不恨什么人，没有坚决的立场，没人会相信的。"他说。

"如果你不想写经历，就写别的，例如写小说？"我是在说自己的心愿了。

"写小说？"他笑起来，"我已经不年轻了。"

"别担心，一旦你成为本地作家，你就会变成永远的少男少女。"我说。

"怕是属于还有幻想的人吧。"他说。

"你可以发挥作用的，很多人在等着你发言，等着你行动，这是你的资本。"我想起此时正在场面上叱咤的一些风云人物了。

"过去了就是过去了。"他说。

"你得主动加入，否则没人会理会你，如果你不能提供实际有利的东西。"我说。

"这个社会已经什么都不再需要了。"他说,"我能给这社会的,这社会能给我的,都已经变成零。"

"或者本来也就是个零罢,其实是从来都不需要你的。"我说。

"都不过是自己的一厢情愿,自己造出的现实,毕竟时间要来提醒你。"他同意。

"不过你还是可以有所选择,不是吗?"我说。

"选择并不复杂,非此即彼而已。"他说,"追根究底,既然给生出来,只有活下去或者不活下去的问题了。"

"这么说,选择就只有一个,"我说,"别跟我说,你不想活吧?"

他笑起来,没接话。

是的,一点也不错,我想起的是一位日前自杀了的作家,如果他能和大家过一样的日子,关头上好歹或许能撑过去的。若是能俗一点就更好,以他那样的才华和背景,岂不每天都是快乐时光?为什么别人都能轻松享用名和利,而他却要这么认真,这么苛求自己呢?

"那么他可算是个让人凛然的烈士了。"他说。

"可是现在早已不是殉情的时代了。"我说。

弦乐婉转流动在暗淡的空间,莫扎特 G 大调第三号,来到第二乐章时尤其动人。据说作曲家写曲时不过是幼稚的十八九岁,难怪抒情得这么清纯,二十多岁的抒情就已经是混浊的了。

　　我放弃侦察；夫人有没有情人，或者能不能等到夫人的情人，都是没有意义的。她有权利做任何事，无须顾虑什么，放出话后更是超越了我，从我的背脊上昂然往前走了。采取主动的人一向是胜利者，躲藏在这树丛后的怕谁看见，或者更是怕看见谁的我，是个彻头彻尾的愚蠢的失败者。卡夫卡的萨姆沙是在卧室门后变成了一只大虫，我是在这叶刺扎着手脚的树丛后。

　　"人是无能为力的。"一夜我说。

　　"你不是才说过，只有一个活下去的问题？"他说。

　　"是的，不错，人世间的情况没人能改变什么，你只能过日子，让平庸一步步腐蚀你，只能任由它去，一点办法也没有。"

　　"平庸的力量不正是在腐蚀你的同时，也在拯救着你么？"他说，"别这么消极。"用放在桌上的手，他轻拍了一下我的手背。

　　理应被安慰的人，倒是来安慰人呢。

　　雷雨后空气特别湿闷，水汽从窗隙侵入室内，从鼻孔沁入肺腑，窗玻璃朦胧成毛玻璃。庭园恍然隐失，植物的形状和颜色融化了，不曾动摇的是攀爬在窗棂前的蔷薇藤，线条轮廓依旧明确。

　　入夜气温骤降，雾消散，视界意外清亮起来，羊齿重新展放齿轮，在雨霁的回光里盎然。

浑暗的地面这时忽然出现了小小的两点光，乍明乍灭地上下颤动着。我们用手掌抹去窗上的水汽，把脸贴近玻璃。

喂，是两只萤火虫呢，他高兴地发现。

"古人把萤火虫放在镂空的容器里做夜灯，这美是美，只怕会撞上墙壁，落入水沟，折了手脚的。"他说。

"也会弄出近视眼来。"我同意。

"三月腐草为萤的说法也是很美的。"他说。

"农历三月是阳历四五月的初夏了，这两只来得太早，春天忽暖忽寒，禁得起吗？"他说。

一夜他告诉我他要离开台北了。

"去哪里？"我问。

一位老同学在某山区工作，要他过去住一阵子。对方说一个人在山里过日子蛮寂寞的，他却明白这是知道了他出来后无所事事而生出的好意。

朋友原本是怀着满腔的热情自选去了外地，后来发现人事作风习惯等和城里相差并不多，可是山中交通医疗等方面都很不方便，台风季节联络中断就更不用说的了，请求调职却一时没空缺。

"这种事很普通，我也知道几个例子呢。"我说的是事实，没有泼冷水的意思。

"也许那里会出现什么机缘。"他说。

"决定了?"我问。

"那么就去看看吧,不行就再回来。反正你家在台北。"我说。

"山里生活简单,花费少些,想必工作也轻松的。"到现在他还是母亲偷偷补助,政界的父亲则是要他留学改念法律或商职,否则就自力营生,早把话说明白了。

"不知工作的地方近海么?"他说,常会想念起凌晨时候渔光点点的金山海湾呢。他说,那是很久以前的中学毕业旅行的记忆了。

"你真要去吗?"我竟有些依依起来。

店老板从里头走出来,要打烊了。我们尽了杯底的酒,穿上外衣,推开门,照例一起走过巷子。

雨霁的空气隐隐飘散着初春的树香。我们听着自己的脚步各自响在潮湿的沥青路面。在巷口我们最后一次道别,互祝好运,向相反的方向走去。

他告诉了我地址,但是并不确定自己究竟会安身在哪里;我也给了他地址和电话,这些是否持续有效却很难说。我们都不期待再见面。

午夜的街道,关着的门窗仍有几扇窗扉透露着晕黄的灯光,零零星星的显得寂寞又遥远。路灯静静竖立,灯泡周围一圈光晕在颤抖,骑楼的檐角在清亮的夜空伸展着洛可可风的螺花，向夜行者倾诉着它被遗忘了的美丽身世。这从来没有好好看过的每日走过的街道，在寂寥的夜里，向我坦陈了它的肺腑心事。

夫人已经睡了，门边小儿留着一盏灯，除了灯光能及的方寸之地，室内其余都隐没在黑暗里。夜光从窗口经过纱窗进入室内，仍有足够的光度照出了桌椅的把手，收音机的转钮，电视的天线，茶几上的合照的镜框，凡属金属性的都眨着诡秘和怀疑的眼睛，窥视着夜归人。

空静的室内，空着的桌椅，浑暗的壁灯，灯下他那毕卡索蓝色时期人物画像的姿影，常翻新在我眼前。一次我们聊起从台北怎么去山中，谈到五分车的由来时，他曾说起他的入山计划。

"五分车上不了山，得换客运，下车后还得等朋友骑机车来接。"他说。

某日他将坐纵贯线向南走，到达某站，转换方向，在某站下车，改坐客运，入雪山山脉。

这一程需要大半天时间，我可以放下手边的工作或者交给助手，请一天假。当他在候车室，月台上，或甚至于客运的座位上看见我时，一定会略斜了头，把前额的披发拂去一边，露出我熟悉的怯涩的笑容，为意外重见而惊喜。

想不到我是这样惦记他，关心着他的去向和安危。

他只告诉了我大概的旅程，用隐形墨水画下的地图需要显形，连出一站接续一站的清晰的路线。我研究了一下铁路局地图——从台北出发，向南走，从某城坐到某城坐到某城。转换支道。经过一个湿地。

虽称为海线而且与海岸平行行驶，离海却有一段距离，坐在车内其实是看不见海的。窗侧飞驶过的是树林和树林，萌发着春夏交会这时的各种层次和颜色。从偶然不接续的地方和暂时低矮的梢头，很远的天边闪着一长条白烁烁的平行线，那就是海了。不用说，虽然看不见，海是紧密跟随着你，而路程到了南段，它就会从一线延展成辽阔而空无的一片的。

经过了湖泊，之后不久，他的铁路路程的最后一站在望。

只是一个小站而已，却缩毂三方，是纵贯支线双向交会的铁道站，也是载客入山的汽车站。

空空的候车室，贴墙的木条座位上没有人，售票窗台的木格后头也没有人，看来客运车票得上车买了。累积了一天的闷热滞留在室内，墙角一台老旧的电扇歪头藐视着你，汗不止地流，蚊子在头上愈聚愈多，萦萦嗡嗡怎么也挥打不走。

离客运车来还有一段时间，与其与蚊子奋斗，不如去附近走一走；我拿起背包。

水泥路变成泥土路，变成碎石子路。树多起来，遮住了天光，我能认出其中的相思和桐油。变成铺满腐叶的步道，变成野草蔓漫的小径。砾石在脚步间轧响，脚下踢出了塌陷的枕木。没有铁轨，接续的部分仍旧一条条尽责地延伸，引出尽头半圆形的黑洞，一座废弃的隧道。

想必是时间淤积出了泥沙滩，不得不往内陆移线后，作废了这通过隧道的近海的一截。

道壁的下半覆盖着茸茸的苔藓和细瘦的羊齿，上半保持完整，一种扁平的深红色砖排列紧密又整齐，重叠出细致的几何图案。殖民者用铁路深入土地，吸管一样吸尽被殖民者的血髓，可是他们做事的严谨你也不得不钦佩。

伫立在半圆形的阴暗中，你可以感觉细风来回贯穿的阴凉。隐隐的轰隆声空喱喱地回响，你把耳贴上冰凉的砖壁，听到了送往迎来的往日的热闹，那是海浪击打在空壁上的回声。

穿过隧道从另一头出来，草坡上的小木房只剩下破损的外壳，门窗都不见了，里边空荡荡的什么也没有，大约曾是个信号站吧，长年荒芜在蔓草中，外壳却还保存，不过是因为，是的，因为拒绝遗弃和消灭，仍在持续放发着方向错乱内容不明的讯号，等待过客如我。

而信号站的前方，芦草的前方，湿地的前方，横跨整个视野的是一片没有颜色的平面，白日正依它而尽，在和它接触的极远方的那一片辽阔的面积，给予了它耀眼的光芒，那就是海了。

就林中已经暗淡，昏暗的地面蔓草不时牵扯着回程的脚步，心中隐约不安起来，你别走岔了，我跟自己说，天就要黑了，这条没人的废路，没人来救你的。

就在这时，黑暗的植被忽然张开了眼睛，晶亮的眼睛，时前时后晃动闪烁，点点这里那里的，愈走愈见多。眼睛凑过来，好奇地贴在你的手边膝边、鞋面，跟随着你的脚步，数不清的明亮的小眼睛，亲切地眨着眨着，眨亮了昏暗的小路。

据说雄虫为了寻找没有翅翼不能飞的雌虫，发射求偶讯号，而等在隐角的雌虫接到了消息，爬上地面，两相互传只有对方明白的暗契密码，就产生了例如眼前这繁星落钻流光似的美丽景象了。生物以勤奋的行动适应了生存的要求，应答的是人类对抒情的渴望。

提前季节，一路迢迢舍身飞过来夜店庭院的那两只萤火，难道能和它们互通讯号的伴侣藏候在庭院的泥土中？还是它们本就生于庭院，也就安然在狭窄又密封的空间去完成一生？无论如何，就满坡的眼前盛况来看，弱小虫子这一季的生命任务应该是安全完成了，而进行在积垫着腐草腐叶的小径，他曾提醒的古人腐草为萤的说法，也有了一些象征式的实证。

最后的天光下出现了车站，夕光全数洒照在屋顶，黑青色的陶瓦反射出奇异的如同召唤的光芒，造型简单的建筑原来是全木的结构呢，檐角、榫头等是用木材的阴阳衔接道理垒落起来，不见铁钉的，而云朵形的斗拱上细线勾画出的莲花图像则是简拙动人，纯朴中见精致，这是城里人的说法了。把莲花从内陆河塘迢迢请来到海面前，乡下艺师的巧手不过是为了心愿要向海诉说，要海听见罢了。

月台长凳上坐有候客了，祖孙模样的妇人和小女孩。妇人抬起头，跟我微笑算是招呼，抱起椅上的孩子挪出一些空位，要孩子别伸脚挡人。妇人身边放着一个好看的针织包裹，双颊刺着的也是几何图案。

"谢谢，免礼。"我说，走去一根柱子站着。

妇人替孩子拉正了皱起的衣服，手臂绾住她的背脊。孩子把拇指放入口，侧脸拢进了妇人的怀兜里。

林表闪过一阵晚光，飞起一大簇鸟雀，密密麻麻，为归巢而闹成了一团。

我的记忆可能不正确；他可能更动行程，改变主意。也许我会等到他，也许不会。我希望等到他，不期待等到他。再见他是运气，不见他也并不失望。或许是因为机缘已经发生了作用，他不妨就让自己消失也很有可能，不过这样说未免太玄。

也许我只是找个理由跑一趟乡下而已。我已经很久没有看见树林、茅草、芦苇、湿地、沙滩、海，还有这一大簇一大簇飞过来飞过去，羽毛闪着光亮，在夕照的天空长声对啾的鸟群了。

这些有桔红色冠和金黄色腹羽的漂亮的鸟是什么鸟呢？

边替孩子挥打着蚊子，妇人边唱起了歌，细细的声音只为了自己和孩子听，藏不住天生的滑润清亮，不带一点杂质，没有挂念和忧伤，传来这边耳里，听着听着，跟那夜店莫扎特第三号一样，也让人听得无名地乡愁起来了。

月台那头的浑暗现出背着背包的一个身影，一步步向这边过来。我把手中的烟蒂扔去草丛，站直身子——

不，不是他，渐渐走近的是个皮肤黝黑的青少年，我等到的是一个背着书包的中学生。

我们聊起来。

"这么晚才回家？"我说。

"有补习，到很晚的。"他说。他就要考大学了。

"想念哪个学校？"

"没选择啦，考上哪个就念哪个。"他说。

"考不上呢？"小孩面前不该这么讲。

他并不在意，笑着说，"那就糟了。"

"考完想做什么？"我改口。

"啊，去旅行，去环岛旅行。"他的脸亮起来，考得上考不上显然不烦恼他。

"一个人？"

"一个人。"

"爸妈同意？"

"同意耶。"

"一个人不怕？"

"不怕，有准备好。"

用在准备旅行上的时间怕是比在考试上多的。

"那么要特别小心。"我说。

"知道。"他回答。

"一路记得给家里打电话。"我说。

"会的。"他说。

等候客运车的妇人和学生想必都家在山中林内，和他们一起进山很吸引人，我很高兴这是他将遇到的或也会一同生活的人物，那该是一个比较单纯而友善的生存环境吧。而我，除了增加麻烦以外，我对这些人不能有任何贡献，我也不打算重复他那位朋友的经历。

可是回家的路，回到荒蛮的城市的那一条路，也很让人惶然和畏怯。

少年侧脸站在夕光前，萌长中的青春总是美好的，令人羡慕的，未来是以怎样的方案等待着他？在所有的不可知中，有一两件事或许是确定的吧，那就是，世界不会因他遨游回来而有所改变，而且不知觉间像科幻小说一样他就站在我现在站着的位置，和我想得差不了太多了。

我记起法国电影《四百击》里的男孩子，剧终时，逃学流浪了一天的少年到底是来到了海边，看见了海，在黑白电影里起伏着的灰白色的海。

当他到达山上的工作地点以后，在晴朗的日子，从较高的立脚点，看得见海么？

要用怎样的词汇来定义海呢？温柔的静抒的怜恤的了解的同情的？还是暧昧的不稳定的无言的冷漠的冷酷的？

海可以拯救你，也可以摧毁你。

丛林那头响起铁轮滚动的声音，冒现庞大的头首，蠕接上来一节节身躯，咆哮声中停止在月台前。

接上一个乘客以后，巨兽将再穿入暗夜，与唯一光源那看不见的海平行，继续向南行驶。

原载《印刻文学生活志》第 9 卷第 2 期，
总号 110 期，2012 年 10 月

建筑师阿比

　　自古以来，人类就生活在理性和神性的二元势力中。我们就说华夏历史上两者高度发展的春秋战国时代吧，这时候的人常是一边拜访孔子、荀子、管子等，听取做人处世的道理、学习律法规正行为，一边又探访神兽、星宿等，以解决前者处理不了的更麻烦的问题的。

　　这类例子举不胜举，譬如魏襄王一回做了一个奇怪的梦，醒来不知如何解读而闷闷不乐。这事拿去询问国师公孙樊只会招来一顿训谏，魏王就夜深人静易冠更衣，悄悄只带了一个贴身亲信，前去了森林。

　　啊，原来以治国手段为诸国敬畏的襄王退朝后，大家都以为他去了后宫消闲时，其实仍在一个蔽静的所在，思考除了国事以外还有生命的种种不可思议的问题。而他最信任的咨询者，不是博学的国师，不是擅论的智囊团或是喋喋的朝臣们，却是深居密林幽壑的青龙呢。这么一说，想必让你记起华夏方圆的那一端，情况十分类似的英国亚瑟王的故事了，据说亚瑟为了统一不列颠群岛，也是经常半夜前去深谷探访巨龙的。而三国孔明的例子则更进一步说明人神二性不须外求，就存在于我们自身呢。孔明先生以神力召来江上大雾和冬天不吹的东风，因而改变了历史的走向，那是连最理性的历史学家们都不能不同意的。

　　第九号提案之所以脱颖而出，在于其他设计都以不规则形式、耸动性线条、奇峭结构，有意强调高科技时代的繁华任性多变时，它使用石和沙砖为材料，完整缓和的形式、简拙的趣味，更能应对自然博物馆与环境协调的公开招标条件。不过你可别高兴地以为这是"与土地接近""没有土地就没有艺术"等主张取得了胜利。评审团之所以圈选它，主要原因是它用黄秃秃的、没人要的本地石灰岩为建材，造价低廉，估计不该有其他应标案子显然伪报低价，一旦施工就要不断追加经费的危险。此外还有另一大家心照不宣的原因——博物馆预定地偏离城市发展中心，交通不便，是块长期无人争夺的野地，无论上边竖立起什么，永远都不会引起足够的注意而对建筑师的扬名有什么好处的。

得标者是谁？姓名揭晓，雅比雷红鸟——红鸟，这是印第安人的姓氏哪，大家都很意外，想不到集美学与科学之大成，且须经过昂贵学院训练的精英建筑学科，竟然印第安人也能涉入且具备竞争力了。更令成员皆是男性的评审团吃惊的是，这位"红鸟"竟是个女人！

诸位先生们若能多念一遍这姓名，其实就不会少见多怪了。雅比雷，在印第安语中正是"巧妙的艺术家"。也就是说，雅比雷红鸟女士打从一生下来，就注定要成为优秀的建筑师的。

雅比雷红鸟，不，让我们称她为雅比雷或者她的族人们称她的阿比吧；阿比的身世，追究起来倒是蛮有趣的。

她的父母亲是今天聚集在北美印第安特区的原住民凯炎族，祖父的祖父来自俄罗斯，而祖母的祖母则是我们华北蒙古同胞呢。阿比的背景再一次实证了冰河前后时期，美洲和亚洲北部大陆连接，而印第安民族祖先来自亚洲的人类学说法。

无论如何，既然公开揭标，不能收回成命，政府官员们、都市发展商们、专家们，只好由血统偏杂的阿比来负责自然历史博物馆的建造了。

以阿比为代表，从贫穷原住民人家的女儿，一路奋斗成为精英建筑师的动人故事无须赘言，现在让我们把关注放在她的作业上吧。

得标让阿比高兴了一天，第二天早上起来，对着镜子她就收拢心思，跟镜中人说，阿比阿比，你现在站在和别人同一条起跑线上，要拿出真本事了。是的，一旦来到专业的正式竞赛场，所有受到优惠的种族、性别、地区、阶层、历史、发展、环境等等考虑，都该放去一边，从保护伞下站出来，非得拼一拼建筑学上的扎实真本领不可的。世界美学范畴无一项不由西欧决定标准，包括建筑在内，是令我们不快的事实。无奈他们训练严谨、成品精良，除了在这些方面比得过他们，是无法获得发言权的。

就像一位苦练身手多年的武士终于等到了上场，长期孜孜于学业的阿比获得这可遇而不可求的良机，也铆足精神准备一搏。

她明白大家口口声声建筑归建筑、作品论作品，实际上无时无处不被注意的是她的背景身份。被当作个人的同时，她也会被当作群体的象征，在专业竞技之外，还背负着多重政治性文化性责任。别人顺利完工便是成功，她却出不得差池。别人优秀便可，她却得卓越。她是多么希望有一天，自己能被视为"建筑师"，而不是"印第安女性建筑师"哪。

面对了多重压力，阿比的工作态度比谁都谨慎勤勉。她到建材厂查看每一条木材的硬度、每一块石头的密度，到烧窑厂挑拣每一块砖的厚薄和砖色。一大早就跟在水泥滚筒车旁，防止商人偷偷加水稀释水泥。任何时候你看见工人在鹰架上，你就能看见戴了护帽的阿比也在鹰架上。事必躬亲、锱铢必较二词在阿比身上，再不能找到更好的解释了。

然而世事难料，一切进行都在掌握中，偏在关键上出了问题。

是这样的，自古以来，为了满足人类对超升的向往，殿堂式建筑必求厅堂屋顶越空挑高，以便制造阔绰的空间，上扬的视觉，使心志随之昂奋跃升。在使用自然材料的古代，这是一项工程学上的挑战。哥德式建筑之享有盛名，就是因为它不但克服且还能利用原料的坚硬顽强，以高耸的肋架、拱顶、扶壁，修长的飞翼、悬栱，不断使建筑产生上扬又上扬的动势，荣耀地达成了任务。

当代建筑使用钢板、钢筋、混凝土、玻璃等可塑性强，随时能顺应人意的人造建材，不要说高屋顶，要怎么飞檐走壁都不难。现在阿比使用砖与石，两种材料在地面像盒子一样往上堆容易，用来越空挑接什么，遇到的麻烦就简直不下于十二世纪哥德时期了。

阿比设计出螺旋式升级法，用精密的数字计算出砖石向上叠高时，层与层之间可容许的细微错差，层层连续延进、相互依搭，渐次凌空而升，形成无梁覆斗式拱形结构。

我们这种外行人简单地来了解它，应该是和用同一根绒线编织帽子的道理差不多吧。

原理是有根据的、步骤是可行的，各种计算都不能更精准。然而如果世界顶级建筑师贝聿铭先生的波士顿汉考克大楼，可以因一阵风吹来，窗玻璃就纷纷掉落在数千尺下的人行道上，阿比在建造拱顶时遇到坍陷的问题，也就不难给予谅解了。

她回到工作室，把蓝图再摊开，从大处到细节，尺尺寸寸分分，纵横向位置、内外缘轴线、体型立面组合设计、基本模数数列、模板尺度协调、单双层排架结构等等，一一重新审检量算，务必要探究出问题来。

她把桌椅都推开，腾出整个地板，和团队重新做模型，测探各种可能产生的失误。大家都走了的深夜，我们还看见一个身影活动在工作室内，灯开到了天亮。

白天是形状和数据塞满脑子，夜晚工程进来了梦里。她看见自己匍匐在一条凌空的窄梯上，摇摇晃晃，底下就是深渊。她巍颤颤踏出步子，突然梯上的绳索和夹板都不见了。

她梦见砖石压在身上，怎么也无法从下边挣脱出来；她梦见被一头轧磨着钢齿的巨兽追逼；她拼命跑、拼命跑，惊醒过来，摸索到床头小几上的杯子，靠杯里的凉水，把自己昏沉的意识凉醒。

她开始中夜醒来，不能再睡回去，只好起身在卧室里蹀躞。她开始不能入睡，听见秒针一格一格在钟里走，睁眼望着天花板。直到灰白的面积渐渐映出了朦胧的天光，她就索性把自己从床上拉起来，投入一天的工作。

每天早晨睁开眼，一种惶然的感觉像阴谋一样跟着苏醒。从怀疑作业，她开始怀疑起自己，担忧着自己的训练是否实在、能力和经验是否足够。像绞绳一样，思路愈绞愈紧，以至于认同问题、历史责任问题、文化意识问题、艺术与社会与政治问题，甚至生命意义问题，这些问了也白问的问题全体翻新，都涌上了脑际。

她开始畏惧工程，早上本来总是抖擞而起的，现在不想起床，起了床不想去工地。去了工地，不想走近那一重重、一堆堆等待上场的石块、砖头、木材、铁条等。她绕开半起的墙垣，害怕爬上天梯一样的鹰架。她不得不挺起腰杆提醒自己，跟自己说，阿比阿比，这不是在探寻自我，是在盖房子；这不是胡思乱想，是现实，而现实是可以用理性来对付的。

但是如果问题解决不了，如果不得不修改原定方案，如果严重到要整顿蓝图，如果被迫放弃工程，如果被别人替换取代——她躺在床上，盯着摇晃着夜影的天花板，问题一个接一个，魅影一样逼上前来、纠缠过来。

她开始三餐不定时，吃的是随手的简速食物，不记得吃、不想去吃。这时候，经常在婚外关系中的丈夫取得了进一步发展条件，也就不必提了。

一天在工地走着，突然一阵冷索昏晕，两肩僵硬，脚下几乎踏不出步子，她扶着铁架先镇定一下自己，然后快速走进办公室，不希望落在人眼里。已有媒体意识到施工出问题，在注意她了。

尽管内外同时交煎，你可别小看了阿比，她是不会去找那些荒谬程度不下于我们却自以为是的心理医生们的。身为英雄的蒙古和印第安民族的后裔，阿比的血液里深深储藏着对付灾难的能力。天花板又是看到天亮的一个清晨，她神志清醒，告诉自己：行动的时候到了。

她在公务以外别人不注意的时间，着手另一件工事，地点在河溪上游的沙岩地带。

选择了一块东向的垂石，在这四季晴朗、本属于印第安人的乡园，只需用附近的树枝、树叶、泥土等搭出护墙和入口，遵循基本知识加工一下已够牢固的地基，不需要什么特技，就可筑出一间避风雨的一流临时住宿了。

现在每到礼拜五，在昼夜交会，一周下来的内外感受超过负荷，人疲惫不堪的时候，她就会带着睡袋、绳索、小折刀、火柴、饼干和饮水，新摘的一把百里香和一把鼠尾草，开车出城，过溪流，来到这里。

天生习惯野生的她要在岩穴驻留一夜，举行一场只有她一人参与的典仪。

她把芳草挂在面东的出口。和我们龙居东方不同，印第安人的东方属鹰，掌明察深识，是她寻求的。

先燃生起营火，煨烧石头，同时烧水。把热石搬进棚穴内的空地中间，堆成一小堆，跪在地上，用勺把沸水一勺勺舀在石上。

滚烫的石头遇水嘶嘶叫起来，冒出滚滚的白烟，弥漫了封闭的空间。棚里很快就闷热得让人窒息，汗流如水洗了。

从午夜到黎明，在这万物休憩的时辰，她重复地、持续地集柴、燃火、烧水、煨石；运石、挑水、舀水、浇石，精疲力竭。

在狭小的空间，热烟幻化出人的脸庞、飞禽走兽的形状。她的感觉渐渐恍惚，在意识和无意识间飘浮，没有边际依附，坠入深渊又返回现实。有时候烟变成一大片白色的光，闪得她睁不开眼，神志麻木，失去存在。她也会在极度的疲倦和完全的松弛中睡着了，就会梦见自己进出着地狱。

白烟充满窝棚以后，迅速溢向出口，携带已候在那儿的百里香和鼠尾草的气息，飞奔遥远的东方，像告急的烽火。

依靠外在环境加之于身体的剧烈，她强迫那些逼胁她的思想、念头、感受等撤退，尝试制衡不断膨胀而难以驾驭的内在。每周她都要这样锻炼自己一次，试着更生一次，以便应付下一周的作业。

用枝叶、泥巴等简单搭出的东向的洞门直通神话，一路直达鹰之乡。

一夜她听见鼓声隐约地击打，似近又似远，她先是以为警卫发觉，前来取缔驱赶了。不，不对，她告诉自己，那么响起的应该是警号而不是鼓声。然后她怀疑是自己耳朵出现了幻听。如果真是这样，问题就要远比前者严重了。她镇定住自己，仔细地再听，到底是确定了那不仅是鼓声，而且就在营棚外的某处。啊，原来族人得知她一个人在这里苦撑，远近击鼓给她打气呢。

漫漫长夜，鼓声节奏有序、和平稳定。她听见空中响起一个低沉的声音：展开你的翅膀，展开你的翅膀。

鼓声击着击着，总能持续击到黎明，而烟雾已经稳定地飞行在路上。

洞口照进第一道日光，把她的眼睛照成透明。堆石冷却了，室内变得清凉和清新，门口的两簇芳草忠诚地陪伴着，幽幽地更香了。

她开始在早晨到来时觉得瞌睡，就把鞋脱去，蜷进耐心的爱人一样等在一旁的柔软的睡袋，让纯棉的衬里温暖地裹住身体。正午的阳光弄热了窝棚，她才醒过来。

有时候她不急着回城里，就走去溪边，看浅金色的溪水在岩石之间烁烁地流着。原来偏黄的石灰岩遇水蚀成沙，沉淀在溪床，阳光下的溪流就一波波地折闪出了这种漂亮的水色。背脊晶亮的小鱼在旋涡间穿梭，看见她过来，嗖地甩尾钻进了石缝。

她沿溪向前走，走到多是松树的树林。如果鹿比她先到，她就悄悄放慢脚步，躲藏在树干背后，看它们屈颈饮水。一种身子是宝蓝色的蜻蜓这时会飞来它们的头颈有意打扰，它们并不在意，保持了优雅的饮水姿势，只不过偶然扇抖一下耳尖。

有一天，她带来一些咖啡豆和一个约是一杯水分量的小壶。她把豆子倾在一个岩石的凹槽里，从余火中挑拣出几块温热的石头，逐个试着手力，选了一块扁椭圆形的。

在长裤上摩擦干净了石面，紧握在掌心，只露出比较圆滑的一端。石头压顶，咖啡豆在凹槽里不听话地蹦跳起来，到后来还是乖乖地都变成了粉，释放出令人感到饥肠辘辘的香味。

壶水滚了，她提醒自己，悬烤的铁器周身都会滚烫，用衬衫下摆护着壶柄拿下来。新磨好的咖啡都倒进滚水壶里，盖紧盖子，让它在壶里自己酝酿、沉淀。

一天她带了早饭的食材，在溪边点燃一堆新火，放入石头，把生蛋小心地坐落在石头之间。从背包外边的口袋找出瑞士小刀，火腿削成薄片，摊在面积大一点的石块上。

肉片接触烫石发出嚓一声响，她很快把它揭起来，翻个面。就这么一下子，周边一细圈的肥肉就炙出了半焦的油花。

过夜面包用树枝挑着再烤一下，就会重新松脆，芝麻外皮也可以带一点焦。用手把面包掰开，起士和刚煎好的火腿一起夹入冒着白烟的面包心里，起士遇热即化。

噗的一声，烤蛋爆裂了，蛋壳的炙香加入了沉淀好了的咖啡香。

用这么多的时间来准备一餐早饭，这么一道一道慢慢地享用，还是没有做过的事呢。

她留了一些面包带在外衣的口袋，走去溪边。亮背鱼到现在还没建立友谊，一见人来，照旧甩尾就逃。她跪在岸边，从口袋拿出面包，用手分成一块块，在指间捏碎了，撒去水面。一只小鱼从石缝后再探出头，迟疑着，很快浮起水面，啄了一块又窜回水里。她一声不响耐心地等，一簇小鱼出来了，试探性地停驻在水流中，游姿整齐谨慎。确定没有威胁以后，仰头游过来，然后就你推我挤了。水面上响起喈喈的啄食声，冒起了大大小小的泡泡。

把面包也留在松树林里，藏在树干后边。总是两只花纹一样的一前一后悠闲地踱来。其实它们早就看见了她，用晶亮的黑眼睛友善地打量，反像是告诉她别介意似的。

沿着溪水走，她注意水经过大小、形状、组合不同的石块所产生的流态和流速，和糙黄的石灰岩长期沉淀在水中，由水浣滤出的洁净质面和细致颜色。

她发现古老的地理每每机缘来到，就能变化出多重的构造和组织，多样的纹路、肌理、质地、色谱。这些都让她再考虑、再衡量、再想象。她的脚步缓慢下来，心情平稳下来。

溪河的源头在哪里呢？她揣度，既然流得这样潺湲畅快，想必是知道自己的方向的。

有时她继续再往前走，走过起伏的草丘、开着红色和紫色羽扇豆花的斜坡，走上一块可以眺望的高地，隔着颤动的空气，看见远近山巅在各种灰蓝色中起伏着有致的形态。雁飞过头上长声鸣叫，愈使天空显得辽阔。

　　有时她也会穿过草原走去小学，坐在矮坡上看周末操场里孩童们踢球。奔跑的小腿扬起的漫天尘土，在空中给阳光一照，也会像溪沙那样转变成透亮的浅金色。

　　她看得入迷了，身子轻盈起来，人从草坡上飘浮起来，顺着风向，迎向操场那一片浅浅深深的光芒。她听见空中回响着低沉的声音：展开你的翅膀、展开你的翅膀。她伸展开两臂像翅膀，瞳仁转成鹰似的透明，凌空飞扬在灿烂又温和的金光里。

　　自然博物馆如期竣工了，营建部首长、文化局官员、都市发展商、基金会董事、收藏捐赠人、专家学者们、助理助手们，坐着观光大巴开到了场地。鱼贯下车以后，大家拿着传统笔记本、电脑笔记本，戴着眼镜，握着量尺，正面侧面上下里外，摸摸这、敲敲那，不时沙沙记写嗒嗒击打。一阵工夫以后，没有找出什么差池，至少一时看不出。既然工期没有怠延，经费也在控制中，一切都很好，没有问题。大家礼貌地发表一些意见以后，都同意核准验收。只是在不明说之下，似乎人人都觉得有件事倒是颇为遗憾。

　　建筑艺术往往要张扬人类控御空间的能力，尤其是展览馆、纪念馆、礼堂之类的，莫不讲究外形的雄威、壮健、奇美，例如杜拜的旋转塔、西班牙的爱跛塔、纽约的毕克曼大厦、中国北京电视台、古根汉毕保分馆等等举不胜举。使用当地石灰岩叠砌而成的眼前这一博物馆，外表上却甚不起眼，几个低低的半圆凑成的形状，怎么看也看不出应有的气势，反倒像是委屈退缩似的。不过这是个人风格问题，见仁见智，不必追究。遗憾间，大家都为一个同行显然不具竞争力而心情愉快。审查结束后，全体又鱼贯上车。有人推荐一家本地颇闻名的有机野菜美食餐厅，趁此难得一来的机会，提议不妨去那儿品尝一番，再回城里也不迟。大伙都欣然同意。

正式开馆需要准备时间，究竟什么时候谁也说不定。大家都很忙，日程排满更要紧的事务。博物馆初建成时，官方发布了消息，媒体追踪了一两天，之后也就被人半忘在记忆中。春去夏来，它之不会成为蚊子馆，不过是因为本地天气干燥，不生蚊子的缘故。

一夜一场龙卷风突然进袭，当局不及防备，遭到了巨大损失，一般民房给卷得东倒西歪不用说，钢筋大楼也不是被刮去了顶就是给削去了面。谢赫大师建造的堂皇的商业大厦八〇八居然也跟汉考克大楼一样窗玻璃一块块掉落到数百尺下的人行道上，幸好也一样发生在夜里，没有造成伤亡。

城市受到重创，第二天天亮市民从废墟中走出，放眼家园满目疮痍，又沉痛又忧愁，这时，突然惊奇地发现自然博物馆安然耸立在远方，分毫未受到损伤。

交加的风雨像飞舞的魔手，一夜之间抚摸去了石灰岩的偏黄，展露出藏在底下的晶莹的珍珠色，衬托在开阔的土石环境，既能以天成的原色融合在大自然之间，又能在近色中皴搓出精致的复调。横砌的平行线条本就工整修长，如今层层绵延、叠叠而升，洁净美丽得只有朝露洗过的羽毛、纺架上新织出的缂丝才能比拟。半圆形的穹顶高低起伏之间，也由风静雨霁的柔软阳光照出了如歌的韵律，是的，现在全座建筑焕发着晶莹又安宁的光辉，简直就是在诵咏吟唱一样；灾难后的人心到底是感到了些许安慰了。

风雨中唯它不动摇不溃散，过后更以蜕变的容貌再现，城市恢复正常以后大家不得不回来再估评。专家们研究结果咸认为原来它设计稳健、材料坚固、结构绵密、施工精良，终于给予了赞美。一向认为希腊罗马风格才属建筑艺术正统的戴卫石先生坚持这是模仿文艺复兴的成果，在地派人士立即提出从建材到设计一脉彰显的本土精神严加驳斥。不过这些都是内行专家们在讲学问，外行人看着它舒服又干净，只觉得唯有据说是世界第一美的印度泰姬陵才能比拟。而那种润滋淳简的模样，华夏的我们则是不由得想起了瓷艺中的极品，带珠光的宋代定窑白瓷了。这么一说，难道是建筑师的亚细亚隐性传承元素，毕竟是起了作用吗？

当局深觉这是发展文创的好机会，召开国际会议，以招揽能见度和商机。官员们、大师们高坐鲜花摆布的台前，传阅分量等身的文件，发表面面俱到的演说和后知后觉的高论。风云际会的热闹，和在建筑学工程学美学哲学人类学政治学社会学文化论前后殖民学等等上的贡献就不必说的了。

阿比谦虚地接受恭维，终于等到了下一个合同不至于失业，让她松了口气。大家热闹得了不得的时候，只有她心里明白暗自高兴，遥远的东方之鹰到底是给她叫醒，前来营救了她。

我们想起了文前提到的，人神二元在生活中的作用。就像魏襄、亚瑟等人获得神龙的辅导，成为不朽的明君贤王，苍鹰也协助阿比完成了骄傲的杰作，受到了敬爱。就此人们不再称她为印第安女性建筑师雅比雷红鸟，只昵称她为"建筑师阿比"。

原载《联合报·联合副刊》2012 年 12 月 30 日至 31 日，
《世界日报·世界副刊》2013 年 2 月 12 日至 16 日

海豚之歌

　　出场表演以前，水族馆的海豚得喂食高单位镇静剂。

　　这一则新闻并没有让人觉得有什么了不起。首先，科学家们早就说过，生物之中海豚的智慧不但和我们人类最接近，而且在收受讯息方面还更灵敏，例如英、美等高科技国家就利用它们做海底侦探的，那么如果人有恐惧症，海豚自然也会有，人慌张起来得吃镇静剂，海豚自然也得吃，何况服食镇静剂的利与弊科学家们都还没达成协议，这时候让类人的海豚为人类充当测试品，岂不又是最理想？

　　水族馆的想法是，当初捕到海豚，没有把它剖腹剁块卖给人人皆是美食家的人民们，反而给它取了个阿憨仔的可爱名字，放养在冬暖夏凉的水缸里，由高薪聘自澳洲的海洋生物家特别照顾和训练，足够应付环保生态人士的人道主义要求了，况且私人经营得讲利润，保证每场演出达到水准是对观众的承诺，海豚不能维持良好状态，万一表演失常，营业就不能继续，市民就会失去一项最具兴味的休闲娱乐，本市一向引以为傲的庶民文化就会大为减色，何况一旦生意垮台了，难道有什么人会来营救的吗？

　　没人关心此事，除了动物维权协会以外，会员们在市政府台阶前拉出抗议的布条，要求官方下令停用。上回全市交通系统罢工都没见露脸的市长，为这种小事亲自接见，自然是因为抗议人士中有位知名公知，而市长的侄子又在竞选立法委员的缘故。

　　抗议归抗议，出场表演前，不管有没有必要，工作人员也就照例把一大勺镇静剂搅拌在鱼食里喂给海豚了。

　　好家伙，想不到也慌成这个样子，演艺家在心里嘀咕，对海豚生出同情心，决定这个礼拜唱完了就去水族馆走一趟。

　　几年前为了与世界接轨走向全球，官方大笔经费支持下，滨海的本市曾经举办过国际水上运动会，岛屿各县市和对岸香港都组队前来了，新加坡送来一位选手参赛，之称国际而无愧。当时朝野欢腾盛况空前的景象不必再反复说的，时间过去，运动会赛场一一变成了茅草发展中心和蚊子生态观察所。捕到海豚的一年，某财团看出商机，买下游泳池和跳水台，改建成现在的"海洋生物博物馆"，经营起了海豚表演生意。岛屿之有这项新奇的水上娱乐节目，还是历史第一回呢。

　　表演都排在礼拜六的下午，为了配合学童们周末不上课。随着大家携老带幼鱼贯入场，演艺家找到后排的位子，也试着松弛心神，享受一下这放给自己的假日。

　　一个礼拜的戏唱下来，也真够累人的。

　　观众席都坐满了，大人们戴着遮阳帽，孩子们挥舞着小彩旗，电子乐快乐地响起来，训练师笑露两排白齿，高举双手出场，黄蓝二色蛙人紧身衣愈发凸显出西洋人的健美身材。

　　在雷动的掌声和嘹亮的哨声引介下，舞台巨星一般海豚从水池中央跃出，孩子们高兴地喊着憨仔憨仔。听见了自己的名，海豚也一样高兴，先是在半空亮了一个回旋姿势，然后以美妙的弧线重新滑入水，随口令开始了目不暇给的表演。

　　聪明伶俐本领高强，一个动作接续一个动作，跳跃翻腾奔驰，溅起晶莹的水珠和浪花。观众席上洋溢着笑脸，欢呼声掌声不间断。蓝天白云，阳光普照，水波闪荡，世界和人间都是多么地生动活泼哪。

　　演艺家的心情却不太一样。

　　一辈子困制于药物，这是像无期徒刑的囚犯，签了终身契的奴隶一样过活了。他一人愁起来。

　　众人都觉得海豚自在又惬意，他却觉得每个姿势都诉说着失落惆怅，别人都赏心于动物脸上的永恒的微笑，他明白这不过是肌肉构造形成的，假笑底下透露的是忧伤。可怜的海豚，当它在水道的闸门前等候出场时，怕不是跟患有舞台恐惧症的自己一样，也在努力地说服自己，跟自己在奋斗呢。

　　演艺家虽然资历深厚经验丰富，出场前也是得服用高单位镇静剂才跨得上舞台的。

　　观众都走空了，工作人员都收工了，他悄悄溜进了后台。

厚玻璃的那边，海豚半浮半沉在水箱中，好像失去了知觉——难道也落在表演后的虚脱中么？演艺家躲藏在一个角落静静地想。

据说跟人一样靠呼吸生存，为了不时要浮出水面获得足够的氧气，海豚睡觉时一半脑子入睡，一半仍旧保持清醒，所以总是睁着眼睛睡觉的。

那么是永远处在失眠状态中了。时钟一秒一秒嘀嗒走，窗框从黑转成白，这种守着漫漫长夜的辛苦，能睡觉的人是永远不能了解的。

海豚摇了摇尾鳍，晃了一下身子，不能合的眼睛看过来。

平和温顺的眼神，没有谴责怨恨，像似看见了玻璃这边的自己，却又不动声色，似乎依旧在半睡半醒的恍然中。

太不公平了，演艺家想，只不过是迷了一次路，被人逮到了，落入人类的手中，一辈子做奴隶过下去。难道不可以回到以前的自由自在的生活吗？

听说到了夜深人静的时候，被关在海底监狱里的海豚们的亲友会偷偷游过来，在钢丝网的外边探望他们，跟他们说安慰的话。

水底有个闸门唑唑冒着小水泡，像似通向活水的样子。那边就是海么？

如果去把闸门打开——他突然想。

别做梦了，不要说怕水的自己像木头一样浮在水面都不能，还去打算潜入什么水底的，何况闸门就算设置在不沾水的地方，一辈子只会唱戏的人能打开那重重叠叠的科学机关吗？

他跟阿憨仔摇了摇头，叹了一口气，趁没人在场，又摸索出水族馆，坐车回来了城里。

在后台的小房间里一边卸妆一边开始惦念起海豚来。他用卫生纸沾一点凡士林油，凑近水银斑驳的镜子，抹去眼睛周边的厚膏和两颊的油彩，那海洋生物的小黑眼睛现出在人眼旁，还是一样地和平温顺。

那么你何必去吃镇静剂呢，演艺家对镜子里的眼睛说。

听说生存环境糟到忍受不了的时候，就像不想活的人类中的一样，海豚就会用在水中憋气的方法索性去了结的。

作业结束后，现在演艺家不时会坐车去水族馆，趁没人时，偷偷溜到水缸旁的一个角落，就在那儿坐一会陪一会，讲几句悄悄话，哼几句唱词给海豚听。

总是半醒半眠地浮沉在厚玻璃的另一边，看见了他又似乎没看见他。

无论有没有亲人来探望，可别做傻事哪，演艺家跟海豚说，你看，我跟你是一样的，不也过得还好么？

当初打造运动会时，聪明的发展商利用本城悬于海岸的地理环境，把游泳池建在界海的岩台上，改装成表演馆时，观众席位虽然扩增了，还是保留在面向海洋的这一边。从观众席看过去，池水和天空接成一片，水天一线，蓝上加蓝，一边看表演一边看海景，视觉上是没有更辽阔开怀的享受了。

那么，演艺家想，水池尽头的外边就是海了，游到那里，奋身一跃，就能跨越铁网的封锁，落入海。

比人更聪明的海豚，每天在这一方水池里周旋，想必是心里晓得的。

但是为什么总是游到那头边缘就停止，就绕回来，回到驯练师的掌控中呢？是因为生理功能受制于镇静剂，反应迟钝了？还是因为明白，深受焦虑之苦的自己这辈子都得依靠药物才能过日子，才能发挥长才，而只有人类才能提供条件的？

他轻轻敲了敲水缸的玻璃，"你知道，"他小声地跟海豚说，"那头围墙外，就是海了，你是知道的。"

花了双倍票价，买到面对表演台的第一排位子。如果能听得懂驯练师的话，必定也能听得懂他的话的。

总是巨星一样海豚出场了。欢呼声、掌声、口哨声，节目开始。

神情是无比地悠暇自得，动作是出奇地畅快流利，比特技演员更大胆灵敏，比芭蕾舞者还典雅优美，这真是生物中的奇种，宇宙界的异类，人类生活的良伴哪！

不要再听这套巧言谎语了，不要再给哄骗了，他对着海豚大喊。

海豚悠然游到了那边尽头了，他从座位上站起来，挥手大声喊，跳出去跳出去！跃过围墙跳出去！

没有人知道他在喊什么，或者在乎他喊什么，一句句喊话像水泡一样爆裂在空中。

没关系，只要海豚听见了就好，如果能够在深海里追踪超音波做侦探，就能听辨出喧嚣中他的呼喊，他深具信心。

双十节庆到了，全台盛大庆祝，首都有阅兵和战机飞行表演，本城早上有当届民意代表竞选人的亲民游行和排满了一天的全民同乐会，海豚表演是其中一项，晚上则有烟火和野台戏。除了庆祝双十节庆以外，为了开展文创新机推广庶民文化传承乡土艺术发扬感性精神，政府特别拨下了经费两亿。

这样盛大的节目，想必药量加倍，演艺家很担心，提前赶到表演场，趁忙乱没人管，摸索去了后台。

一定是明白今天的身份和角色，愈发慌张的模样，在狭窄的水缸中用尾鳍击打着水面，身体来回撞击池壁砰砰响，水给搅成了一锅浑汤。

你看你看，糟蹋自己成了什么样子，难怪人要喂你安神剂的，演艺家嘀咕。

浑暗的水箱通向表演池，就像昏暗的过道通向舞台，你惶惶地等在头顶一盏灯泡底下，立在自己的影子里，跟自己不断地说，别怕别怕，一上了台就没事了，不过是上个戏台唱戏而已，唱完了就好，不是每次都一样？没什么大不了的，不也就这样唱过了半生么？

他把脸贴上玻璃，嗳，我懂得，他不出声地说，我懂得的。深海生物的小黑眼睛向他看了过来。

你是在跟我说话吧，嗳，他说，我懂得的，什么阿憨阿憨，我们一点都不憨，谁稀罕你们人给取什么名字的。

能的，他重复地说，你能的，用自己的力气，就这么一跃，使劲地一跃，越过了铁网，你就自由了。

水上特技节目开始，海豚表演是压轴，排在比基尼美女花式滑板之后，憨仔头上顶着一圈花环带着永远的微笑出场了，看来总是这么快乐欢畅充满了自信，爆满的观众热烈鼓掌欢迎。

驯养员吹哨，立刻就摇摆着身子点头过来，故意把人撞到了水里，太可爱了，大家都给逗笑了。落水的驯养员索性一翻身骑上了它，在池中央来回疾驰起来。

掀起白色的浪条，水花晶亮地四溅，电子琴欢快又响亮，在驯养员的指令下打圈，回旋，跃起，翻腾，数度展示高难度动作。满场观众看得目不转睛如痴如迷，都开心极了。

来到结束的时候了，海豚绕池边滑行，感谢观众捧场。

优雅又悠闲地游着，摇着尾鳍，频频向观众致谢，观众再以潮水般的掌声回应。

　　一圈接一圈，沿着池边，游速逐渐加快，势必要在一个最令人惊叹的休止符上结束节目了，大家兴奋地期待着。

　　又游到那头了，仰首喷出一柱水泉之后，果然一个纵身，高高跃出了水面——

　　浑圆健硕的身体悬在半空中，白色水珠天女散花一般洒在阳光中，大家由衷地赞叹。

　　一个旋身，面向海洋，突然飞跃过铁丝网，向大海跃去。

　　那喷出的白点哪里是水沫，演艺家很得意，是藏在牙齿后边的药丸呢！这件事只有他一人知道；而当海豚消失之前回转过头，用那感谢的眼神和永恒的微笑向着的，也只有他一人知道，不是口怔目呆的驯养师，是坐在第一排的他呢。

　　好家伙！到底是听懂了，记住了，此刻想必是已经游在海水里，不回头地奔向地平线了。

　　他把红白二色油彩在小碟中调配成肉红色，凑近水银剥落的镜子；班主真小气，说了几次了还是不换，两只眼睛只能看见一只半。他凑近镜面，用小指挑出碟内的油彩，从额头到两颊到颈脖，秩序地细细地拍打出均匀的底色，用粉扑轻敷上一层薄脂粉，用小刷子掸去浮粉。碟里再添点油红，调出艳丽的腮红，从眼皮、眼下、鼻翼顺序抹开来。今晚唱的是旦角，妆要画得特别妩媚，尤其是墨笔勾描眉眼的部分，好在他有一双天生的桃花眼。

剧务过来通知出场了，他站起来，凑近镜前再按捺了一下头箍簪饰贴片，上下前后再顾盼了一整遍，然后他把椅子往后挪，伸脚拨过来桌底下的垃圾篓，把化妆台上的吃残了的塑胶杯保丽龙饭盒等，餐巾纸化妆纸等，和缘着镜底放着的大大小小的药瓶，都拢进了篓里。

也跟海豚一样决定不吃药了。

戏台搭在河岸旁，看烟火的好地方，一举两得没有更理想的所在，全城人都聚了来。阿公阿嬷男女老少，带着自用坐垫或折椅，黑压压坐满了一片土坡。夜市移阵到草地上，栉比摆开摊位，灯光接成串串的钻石项链。已经十月天了还这么热，暖烘烘的空气里洋溢着人味汗味，臭豆腐茶叶蛋卤猪脚蚵仔煎炸花枝盐酥鸡生煎大肠糖水锉冰等味。

一年一度的好日子要讨个吉利，排出特有喜感的《三凤求凰》。人物和剧情忽男忽女的很不简单，扩音大喇叭轰轰回响，谁也听不清谁在唱些什么，然而舞台上的那一片光彩缭乱锣鼓箫呐齐鸣，尤其是大团圆的结局热闹非凡，观众要的是这些，人人都沾染着节庆的喜气。

谢幕了三次才能平伏观众的热情，这回他和众人一样地高兴，原来今天从水族馆一路赶到演出的场地时，平日总是闷闷不乐的阴霾心情不知怎地开朗了起来，从头到脚难得这么觉得畅快的。

今晚一上台就得心应手，台步走得特别潇洒自然，嗓子滑溜得连自己都不敢相信。剧终时他站在台上和伙伴们牵手接受观众的欢呼，感到了一个珍贵的生命时刻——在乍现的一瞬间，他忽然觉得什么都明白了，都清楚了，那些名和利，那些谎言和大道理，被世界啧啧赞扬的壮志节操和美德！

天空发出一连串爆裂声，扩音喇叭响起华尔兹圆舞曲，市政府开始施放烟火了。一阵冲动使他走向台边——海豚终于拿出奋进的勇气飞越过障碍时，想必也是在同一种兴奋中吧。

对着台下黑压压的观众，他从肺腑喊出来声音，用尽了力气，去你的社会政治文化设施建设发展推进传承普及的，再不用听你们的高调大论了，再不受你们哄骗，由你们摆布使唤，用谎言骗自己了。

他张大口，喷出所有的脏话和狠话，让它们在空中撞击出火花。

他一跃而起，让自己两脚脱离舞台，把一切都抛弃在脚下，向夜空跃升，跃升。

飞翔在火雨金花之间，他可以分辨出哪些是梅菊绣球牡丹，哪些是椰子柳枝棕榈叶，孔雀飞龙天马，火轮火箭，贝壳烛台水晶灯和生日蛋糕。海豚重获新生那一瞬间的快感他是亲身体验到了。

天空是多么地辉煌灿烂，山脉在青紫的夜线中绵延起伏，河流像黑缎子一样闪着光，一切来到一个向世界宣告释放的珍贵时刻，什么遗憾勉强埋怨都没了。

就是这样的年纪，从一层楼高的台子落下来也没闪到哪里，要归功于自己平日功夫练得勤。他从草地上站起来，活动了一下腰身，站稳了两只脚，重新挺起背脊，深深吸了一口气，然后向河水的方向开始跑。

跑，和跑。跑过了黑压压的人众，拥挤的食摊，乱叠成一堆的停车场，跑完了整片的草坡和平地，后来就来到河边了。

他开始感觉到世界的宁静，空气的清新，掠在耳边的风的凉爽，什么声音都甩开以后，听见了自己的呼吸配合着一起一落的节奏的脚步声，十分地有序。

河水受到鼓励，从黑缎子变成大蟒蛇，在黑暗中蠕动起粼粼的身子，一齐跟他跑起来。

沿着绵长的河岸他跑和跑，持续向前跑，就像重获自由的海豚成为海洋的一部分，他也成为河流的一部分，不回头地向前跑。

原载《中国时报·人间副刊》，

2013 年 4 月 2 日至 3 日

丛
林

为了赶交一份作业，不得不来办公室加班，这是很多年以前的一个礼拜天。

警卫照例不值班，大楼没有人，只有走道灯开着，除了厅室墙上的挂钟嘀嗒以外没有其他声响。

天渐暗下来，飘起了细雨，我扭开桌灯，准备把摊着的东西再看一遍后就传送出去，趁还没全黑前离开。

雨落着落着，时直时斜，在长形的玻璃窗上梭打出纷乱的线条。

突然响起轻轻的敲门声。是谁？这周末没人的时间？我往后推开一点椅子站起来。

一对青年男女出现在门开处，头和肩都湿了，脸上沾着水渍。男子的头发自然卷着，铜色皮肤，女子长发的下半截染成了紫色。不完全东方又不完全西方的模样，有一种动画人物式的奇异气质。

正好路过，看见暗影里的楼面上有一格窗亮着，就这么上来了——正如我猜测。能进得刷卡的大门，想必是本校学生，但是也不该开门的，我是完全忘记学校的周末安全规定了。

既然已经站在眼前，只好礼貌地应付，"有什么需要帮忙的吗？"

下飞机后坐计程车进城，落车时忘了拿后舱的箱子，钱款衣物都给计程车带走了，男子用勉强的英语解释。

本城虽然常被诟病人情冷漠，诚实方面尚算可以；我说，"别担心，司机一定会把东西交给警察，警察找出了地址就会送还来的。"

"有亲友可以接应一下吗？"我问。

"没有。"他们回答。

"那么可否请家人汇款来急救？"

"看来只有这一法子了。"

真是太不小心了，他们很是懊恼自己。只是救援到来前的这几天怎么应付呢，两人露出忧愁的神情。

给雨打得湿淋淋的，失落在一个陌生的大都会中，这样地年轻和俊美，难道你不也会生出同情心吗？在此城生活三两天需要多少钱呢？我在心里盘算。抽屉有两张一百元的现钞，才去取款机拿出来的两张整票。

两人左谢右谢，男子从衬衫口袋抽出一个小笔记本，希望可以记下地址，以便以后归还借款。

就用学校的好了，我说，递过去印有学校地址的一个空白信封。

男子伏身桌面，把地址誊在小本子上，"我也留个地址吧。"他一边说一边伏身桌面，在白纸上写下——

台北林森北路——

我转用中文，从台湾来？

"是的，从台湾来。"男子改用中文回答。

"台北吗？"

"台北。"他说。

噢，台北。

"家人在台北经营餐饮店。"他回答。

林森北路，曾有一段时期，林森北路、农安街、双城街一带出现过一种特别繁荣的生意，专为从越南战场过来度假的美军提供服务。

没错，母亲就曾给美国人工作过，他说。

经他一说，我突然记起大学毕业那年去应征美军顾问团的一个工作，坐了很久的公路局车，远远去了一个郊区模样的地方，楼房墙头拢着铁丝网，本地宪兵在门口站岗。

那是很久以前的事了，一个学校操场驻防着军队，公园里埋置着半圆筒形水泥防空壕，街上见军用大卡车开过，徘徊在战争边缘的时代。

写完地址后男子接着写自己的名字，Faulkner。

台湾人怎会有这样的姓？我有点惊奇，《巴顿·芬克》里有一个影射了福克纳的角色，后来牵引出一件谋杀案；难道这里也要发生志怪情节了吗？办公室的走道还真有点像影片里那条通向神秘的老旅馆的长廊呢。

原来父亲是美国南方人。

"来看父亲的？"我随意问，父亲就住在台北是更可能的。

"还没见过面。"他回答。

"你是说，从来没见过面吗？"

"从来没见过面。"他说。

事情有点意思起来，"你是来寻父亲的吗？"

"是这样的。"他笑着说。

来自南方的福克纳；既然有古铜色的皮肤，想必父亲是非裔了。

女孩子注意到灯侧桌面上一帧年轻女子穿着旗袍的黑白照，凑近了脸，仔细地看了看。

"好美丽噢，"标准的台湾中文，"什么时候拍的？现在已经没有人穿这种衣服了。"

男子礼貌地询问可否借用电话。自然可以，我说，把电话线从桌的这边拉过去。

接通了，那头响起嘤嗡的声音。

是谁呢？海外的亲友？岛屿的家人？不，恐怕不是后者，男子讲回来了英文。

说电话的时间，男子头肩斜进桌灯的光圈里，因而亮起了脸。雨渍已经干了，现在年轻的皮肤从底下透出一层陶瓷的釉色，棕色的睫毛在上面留下两排浅浅的影子，偶然扇掀一两下，瞳仁里闪烁的是异族的近褐又近绿的光泽。

谢了我，他把小本子放回口袋。

"别又掉了。"我说。

　　女孩子笑起来，在椅中直起美人鱼般的腰身，两手放去颈后头，手指并成梳齿的模样，梳拢起底端紫黑色的湿发。室内弥漫起略带海腥味的雨气。

　　二人一再道谢，保证稳定下来就会把钱寄还的。

　　从关紧的门这边你可以听见二人的脚步擦过地毯，电梯上来时清脆的一声铃响，电梯门合起，然后一切回归于原先的零，恍如不曾发生过任何事。

　　文件一页页仍摊放在桌面，耐心等待最后一遍核对。室内余留着海腥味，地板球鞋印子仍是湿漉漉的。林森北路——中学生似的笔画在白纸上蜿蜒。

　　不知什么时候雨已经停了，推开窗子伸出头，迎面抚来清凉的空气。百老汇街空荡荡的，平日布满行人和车辆的景观不见了，潮湿的沥青街面幽幽浮动在暗紫色的光泽里。霁光横过地平线，映亮了街底。往北边看，天主堂的尖顶在飘流的氤氲里隐隐没没。往南边看，经过一小片树林接上的是整条街的商家。再向南，跨过对开六线的浩斯顿大道，引领世界风尚的苏荷区摆出魅惑的姿影。继续向南，红黄二色为主的中文招牌纷纷抢进视界，横过去移民新移民游客行人全球名牌仿冒货品汹涌充斥着的运河街。城市丛林的动乱在周末入夜的这时全体叫停，雨后暮晖中的静悄和荒冷是这样地离奇。

　　夜幕像蝙蝠张开双翼似的降落，城市笼罩在迷惘中，等到沿街灯火都亮了起来，另一种诡异就要全面开启。

无论是向北向南，都看不见了那两名突然出现又突然消失的从台北来的青年。

这件事就此存留在记忆中，这样地真实又这样地虚幻。时间、地点、天气，二人的动作、说话，尤其是动画人物式的奇俊外貌，复合成一帖不淡化的图景，总令人感到蹊跷。

如果只是为钱，他们可以放个帽子坐在街头，附近几个街角都有长期的坐客，帽内累积经常不差的。如果要编造故事骗人，拾手就有易信的情节，却是一上来就指定了地点；他们怎么知道我从台北来？我可以来自上海、首尔、东京、香港，可以是韩国人日本人新加坡人、越南人泰国人，不是么？就算他们看出我的台湾人样子，也不必告诉我他们自己的家人住在哪条街、做什么事、生活过得怎样怎样等，启动如此特定的时空条件，随时会露出马脚的多重设计，需要这么费事地编造谎言吗？

很多作者常申明笔下所写非关真人真事纯属虚构等，这里的我却要相反地强调，上述如同虚构的经过，在一个落雨的周末黄昏，的确这样发生过，只不过细节方面稍加戏剧化而已。为了福克纳这一没什么大不了的美国姓氏而平白损失了两百块钱，只能承认自己的愚蠢无趣。

此刻我仍无法悟出两位青年出现的逻辑，和为何在我的思绪中停留得这样久和清楚。我唯能想起的原因是，它调出了我的一件记忆档案。

林森北路和美军顾问团，两个地名，趁人在台北的某一天前去探访，纯粹是为了好奇。于前者我没有追寻落雨黄昏青年身世的意图，于后者，它和我过去现在的生活都没有任何关联；然而台北的夏天总是让你在窒闷的炎热和灌耳的蝉声中什么事也做不了，除了在街头无目的地闲逛以外，半个世纪以前是这样，半个世纪后也是这样。

林森北路十字路口。上午。街道还没就绪，店家不是仍锁着铁门就是里外空静静的，看不出传闻中的繁华绮丽。成长在南区的我难得来这里，大部分的地点都是陌生的。没有记忆提供多层次意识，超越现实的存在不存在，当前就只有现实，也就是说，眼睛能看见的景象就是所有了。这一条如同异乡的长街对黄昏青年的意义自然远比对我为多。

第二站，美军顾问团，他的母亲曾经工作过的，很多年前我曾经应征过工作的地方。

司机开到了信义路一段，在一栋小楼房前停下来。

不对，后座的我伏前说，不是在华协会，是顾问团，我要去的是美军顾问团。

"早就没有了。"他说。

"那么可以开去原址吗？"我请求。

"什么原址？这里就是了。"他从反射镜中抛来不屑的眼光，显然我应该下车。台北市的计程车司机都是不能得罪的。

我跟一位朋友说起了事情。

"没错，在华协会前身就是顾问团。"她回答。

但是我的确是在公馆的一站搭上公路局车后，向碧潭方向去的。

公路局车都是从馆前街的台北火车站出发，怎么会有公馆前的公路局车？她露出怀疑的神情。

那是很久以前的事了，我提醒她。

那是某个夏日，坐上公路局车后就一直往南开，经过了新店、大坪林、景美、七张。

她歪头想了一下，"路线是对的，不过美国人都在中山北路民权东路，还是阳明山天母北投的，新店那个方面从来就没有过美军机构。"

而且，轮到她提醒我，顾问团是情报机关，不可能公开招聘人事，只有美军招待所倒是可能会招考在地女服务生的。

"难道你去应征的是招待所的工作吗？"她不怀好意地笑起来。"不过就是招待所也在西区，不在南边的。"她说。

那是多云的一天，灰沉沉的不见太阳。不过记忆的图景却是一片白亮；一个岗亭，前边站着穿土黄色军服的本省执勤宪兵，和一个穿紧身旗袍的女子。

宪兵停住了和女子的谈话，上下打量来人，一个大学刚毕业的女学生。

"你为什么要到这种地方来找工作呢？"宪兵说，"快回家去！"

紧身旗袍女子格格笑了起来，从皮包里摸出一包香烟。

旗袍女子自然不是黄昏青年的母亲，但是既然是在同一性质的地方工作，从模拟而想象，模样应该相差不多。要是当时没有听从本省卫兵的训话，径自走进了俱乐部——一样我也会穿上她那身紧身旗袍吗？也会背包里随时放着香烟吗？会由此就住在了台北？后来会有怎样的不同的生活？成为怎样的不同的人？应征前我自然知道招待所的性质，如果在那一个偶然，因为好奇或其他原因，做了一个贸然的决定，那么后来的一生的图景都将会改变。那是一个率性且不计后果和利益的叛逆年代。

我跟朋友仔细描述我经过的路线，在哪里下车，宪兵，灰白色的铁丝网高墙。

朋友又歪头想了想，"我看你去的恐怕是景美看守所。"

怎么会，怎么会想起景美看守所？我非常不同意；我从来没去过看守所。

不要说去过，连路过都没有的，那时我只知道应付考

试、留学不留学等，不曾注意也不会去注意关了政治犯的
监狱的。半个世纪以前，大学后边的荒地、水源路的底端，
都是神秘的地方，人们一提到就都压低了声音，唯恐不回
避的。一直到岛内发生大规模的政治运动，那是很多年以
后了，我才知道景美看守所的。

"而且，"她也怀疑，"监牢门口不可能站了一个穿紧身
短旗袍的女人。""不过，"她又歪起头，"宪兵的女朋友来
看他倒也有可能的。"

"这样好了，"她说，"就照你记得的路线我们走一趟，
怎么样？"

公路局车早就没有了，朋友开的是一辆漂亮的白色凌
志车，她是全世界都羡慕的十八趴人士[1]。

导航器向南方闪着蓝色的讯号，记忆的疆域，一切变
动之下隐藏着原乡的符码和暗标，两相不曾忘怀地保持了
神秘的默契。

车程来到终点，停火，一片水泥墙，围起来的是一小
块社区菜园，一半种着丝瓜豌豆番茄等，一半长着杂草。
在记忆中不断回到和现在特别来到的这墙垛，不过是一截
台北街巷到处都能见到的普通水泥墙，并不召显特殊身世，

---

[1] 即台湾的军公教人员，因退休后在银行存款享有18%利率的优
惠政策，被人称为"十八趴"，含有贬义。——编者注

诉说故事。

情节是真实的，为什么地点这样混淆？我想起曾经读到过的一些回忆录或者自传他传性文字，其中所记写的有些是我熟的人，有些事物我知道原委，有些目击或身历过，并不是像写的那样发生的，甚至根本就没发生过。种种莫非都说明了记忆的虚设性。出于有意识的或无意识的意愿，或因现实的需求，我们总是持续不断地在修改和美化记忆，甚至制造记忆，以便酿制出荒原上的蜃境，平庸生活的奇幻版本，对自己有利的历史叙述，以及没有遗憾缺陷的光荣的自己。

"这样好了，"朋友并不介意，"既然不熟悉西区，索性领你去逛逛，怎样？"她是西区长大的，一直还都住在西区。

我们再上凌志车，从高架桥宛转向西穿越城市，经过了各式各样的屋舍建设。台北真是一个难看的城市，建筑上只管显扬财富，章法和品味都没有的。

"博物院正对面，就给你建上两栋又丑又俗的大公寓。"朋友说。

天色已晚，她推荐一家台式料理店，不过是个巷子里的家庭营业，菜肴的精致却能称一级。原来力气都用到了这里。

所以我又回到林森北路，落雨青年设立的记忆的起点。

　　两节战事之间的空场时间，年轻的士兵们曾经从一个异乡空降来到另一个异乡的这里，在闻名全亚洲的唯属于宝岛的温柔乡里学习遗忘。

　　十字街头，回想我自己曾有过的生活，设想落雨黄昏青年可能有的生活。车辆游人如梦似幻地穿梭。五星级旅馆和铁皮篷修鞋店，豪华大饭店和主妇小笼包食堂，贵夫人时装和百元成衣地摊任你挑，小姐六寸高跟鞋的白腿旁阿嬷带着孙子坐在小板凳上乘凉，城市的各种元素并列共存，各自安好在乱世中，这是台北的精神。

　　人间的光和热都汇聚来了，整条街通亮了，彼身和此身，虚妄和真实，短暂和永恒，城市的创伤缺憾错失都在黑暗中被原谅、被再建，光影晃烁之间第二层现实光华熠熠地成形了。

　　我们走过一条街和一条街，没有预设的目标，从闹街拐入巷子，进入社区、住家、没有人的敝巷。

　　我们走进一座黑摸摸的丛林，不是树木，是铁皮、木板、瓦片、砖头、塑胶板、水泥块、电材等等和残存的危房堆积起来的黑郁的丛林。咫尺之距，那一边的热闹衬托得这一边只是萧条荒凉。

　　敌不过人间灯火，月亮和星星一同撤退下来，倒是在这里重获生机，把黑暗中的颓废狰狞幻化成了童话的晶莹；我们总是靠月光和星光来拯救一切的，不是么？流浪狗在某个卑微的角落吠叫，拉长了尾音。

荒城之夜，黑暗和光明，寂静和喧嚣，颓废和建立，该茁壮的茁壮，该摧毁的摧毁，城市是一座有机体，有其美德和败德，欣荣的续存更依赖后者，总能在上升和沉沦之中自我协调而达到均衡，无须我们烦恼。

生活中的发生不需要追究前因后果，时间从人身上跨过，不带情感，不在乎有无留下痕迹，无论人自己是多么多情。回忆不必要，反思不必要，在各种各样的事物里努力寻找意义而缅怀感伤等之不必要。被记忆囚住是没有意思的，生活要你在无意义中领悟含义，觉悟出，就是含义也是没有意义的。

黄昏，细雨，霁光，沉郁的街道，空寂的城市，奇异的青年——

最糟的推测是，青年来自台北的权贵家庭，过惯了公子哥生活，既不知好好念书也不愿努力工作，从附近某大学退学后，和背景相似的女友变成了两个小混混。下雨的礼拜天也出来作案，想必跟吸食大麻或者更糟的毒品而时时需要现款有关。百老汇街上的乞丐常都是这样的。

最好的想象是，母亲是西区风尘女子，美国兵的父亲或因战争结束事过情迁而一走了之，或因美国有一士兵如使在地女子怀孕就得尽速遣回国的条例而被迫离开；这是他的父母亲的故事。

于是一个单亲混血少年，在保守的社会经历各种歧视，立下寻找生父的志愿，前去美国南方的路程上过境纽约；这是他的故事。

以他的聪黠，想必能安抵旅程的终点，见到了从来没见过面的父亲，明白了福克纳原来是一个多么荣耀的姓氏。

迢迢的一路上，陌生人的我能帮了点小忙，缓了一刻急，也算是令人高兴的。

倡人仿生

1. 倡人柳

柳是个美男子，身材修硕均匀，容貌让太阳失色，深得魏襄王的欢喜。柳的特长是典故知道得多，而且能说得生动活泼，风趣幽默，襄王退廷以后和后妃们休闲的时候，常召他来后宫说故事，每每听完襄王就能克服难入眠的习惯，那晚睡得特别满意。

渐渐襄王对柳产生了依赖，随时要他在身边，一不见就会焦急起来四处找人。臣属们察觉了情况，提醒襄王，何不召名巧来，叫名巧做一个跟柳一模一样的偶人身边带着，不就免除了牵挂吗？

名巧手艺奇妙，想做什么就能做什么，擅制新颖的机械，运作起来总让旁观者惊赞，他之被人美称为"名巧"，不记得他的真姓名"湮"，就是这个道理。

例如有一次魏国受到韩国侵袭，在平城被韩军围困了七天七夜，城三面都是韩将牟顿的兵马，第四面领军的是牟顿的妻子夷氏。魏国谋士陈平急召名巧造木偶，穿上鲜艳的衣服，放在城墙上跳舞，夷氏望见了以为丈夫纳了军妓，一气之下撤离防线，魏军竟因此而解围。

另一次是魏国大贾公孙耳过生日，很想有一件名巧的械作，跟襄王左右人士表示了心愿，襄王虽然讨厌，但是公孙氏富可敌邦，只好召名巧来，要他做件玩意应付。名巧花了一个月的时间制作了一组十二人的杂技团，唱歌跳舞这类基本功夫不用说了，据看到的人形容，还能"击鼓吹箫，跳丸掷剑，缘缒倒立，出入自在，舂磨斗鸡"，变化出让人目不暇给的百端技术呢。

至于那十分著名的指南车，也是名巧做出来的呢，这是一回家中有客人从远方来，怕他一路迢迢迷失了方位，名巧就做了手指永远指向南方的偶人驾着一辆车子去迎接客人，那是比派真人去还更牢靠的。

名巧的技艺在诸国间传扬，有人出重金聘请他，有人出资绑架他，嫉妒心重的人寻刺客谋害他。名巧爱国爱乡，对襄王忠心侍奉，没有别的想法。

襄王对偶人柳的制作定出了基本要求。

"从眉眼发肤到四肢手脚都是本人。"

名巧恭敬地回答，"完全没有问题。"

"言语喜笑、举手投足一个模样。"

名巧回答，"这也不难。"

"能说好听的故事。"

名巧回答，"请放心。"

王再叮嘱，"还能跟本人同念头、同心情。"

巧师说，"这正是我的特长。"

过了一阵子名巧来谒见襄王，襄王说，"跟你走在一起的是谁呀？"名巧回答，"就是偶人柳君呀，一起来拜见了。"襄王吓了一跳，趋前一看，果然是个和柳一模一样的木偶，只是比本人更美了；头发是丰密的乌云，眼睛用黑漆点瞳，晶亮得像琉珠明珰，唇是新摘的沾露樱桃，真人右颊的小疣不见了，肤质滑凝到手不能留，轻轻吹上一口就绽，肤色则比春日第一朵桃花还娇嫩。偶人的完美使柳本人都嫉妒了起来。

襄王把宠妃盛姬还有其他嫔妃女官们都叫来一同观赏；摇摇它的下巴，它就唱起旋律优美的歌曲；捧起它的手，舞也跳得婀娜多姿，把一支笔放在手指之间让它捏紧了，还能写字画图，要它做什么它就做什么，故事自然是说得比本人柳还更动听的。

襄王爱上了偶，和偶不分离。偶也很贴心，为王言为王笑，故事说也说不完。白天带在身边，夜时同榻共枕，襄王睡眠品质的进步自然是不用再说的了。偶对众人则总笑眯眯的，大家都喜欢他，能够有这样机灵聪颖的人随时让王欢心，朝廷上下都感到了庆幸。

有偶人替代自己，柳松了一口气，匀出的时间趁机发展和盛姬的关系，秘密来往的次数增加了。襄王沉醉在与偶的欢情中，一时没察觉。

一天偶在后宫照常娱乐众人时，明亮的眼睛突然停止在襄王身边的盛姬身上，而且瞳仁滴溜溜地深情地看着，充满了爱恋。襄王也是极有心思的人，目击这等情况，大怒，立押柳和盛姬二人，下狱问斩，并且令官兵捉拿名巧。

艺匠和偶人一起被押跪在殿前，也将处以极刑。

名巧恐惧极了，哀求给于申诉的机会。

"太大胆了。"襄王怒斥。

"一定是机关出了问题，才会有这种意外的活动。"匠师说。

"不是和真人一心一意吗？"襄王说。

"只是在看相上如此，究竟是个无情的木偶哪。"

襄王不相信。

"那么，请让我把它拆开来，一查真实。"巧匠恳求。

名巧小心去了偶的外衣，揭开了头，剖开了躯体，一一翻出内里让襄王查检，原来不过是些皮革、木材、稻草、黏胶、颜料等等的拼合而已。

王惴惴不安，"一堆贱物也能成就至此，岂不比人更有造化？"

巧匠小心地回答，"究竟是由人主张的，若是不能放心，随时摘心即可。"说着便从胸腔掏出了一块石头，偶人就不能再活动和说话了，把石块再安放回去，就又和原先一样地活泼起来。

襄王是位说理的明君，赦免了名巧的罪。

艺师知道襄王疑心已起，自己时在危险中，惶恐得只要门上一起声，便以为是来人捉拿了，而且想到偶也受到了猜疑，机关再出什么其他意外也是不能承当的，深思后决定出走。

他跟弟子一一道别，把秘诀《械制》交给爱徒子勤，集合家人在中庭殷殷叮嘱了事务，趁暗夜轻装上马，从现实世界消失。

据说当时跟名巧齐名而且也制出了机器飞鸢的墨子，知道了这件事，警告弟子们不要再去研究技艺了，还是照规矩做普通事的好。后人研究华夏科技，讨论后期衰落的原因，不免都要追溯到墨子的这一反应。

至于偶，心时时摘出放入得让襄王烦起来——而且拆装手工不免也影响到了色相；脸色的红润给磨蹭淡了，四肢会卡起齿来。曾有丹麦王被机械夜莺蒙蔽，后来因真夜莺的归来而领悟真实之贵于伪假，华夏君王不需这套单纯的道德意识来鼓舞或粉饰；襄王真假偶都不屑顾，很快就有了比柳更善口的语者、比盛姬更美的美人。

偶被冷落了，不知给弃放去了哪儿，也消失于历史。

2. 仿生

台风过后水退了，城市努力从泥泞中再清理出面目，美术馆也不例外，好在半山而立的建筑挡住了一些风雨，灾情尚可收拾。只是较低的库藏室进了水。建馆的那几年，政军风雨飘摇，为了躲避战事，库藏室是有意挖进了山里，这么空袭一来就有最牢固的天然防空壕了。

平日堆得有点紊乱的储藏，水一湿过又加上了渍污的问题，必须尽快处理，尤其是底层的和角落里的东西。员工们接力一件件都移出到馆后的山坡上，趁台风过去的晴朗天气摊开来清理曝晒。

从来没人管的一个不大不小的箱子也一齐搬了出去，抹去了外面一层厚厚的灰尘，才发现原来手工是这么地精美；木料是千年不蚀的上等黄杨，四只护角抹亮了是耀眼的纯银，上面精工嵌镂着回花卷云纹，图案依风格断代应属早期，譬如秦汉时期？整个箱子的造型则简纯实用而雅致，朴素中透露着贵气，应该出自巧手。

大家有了好奇心，技术人员小心地撬开了箱子。原以为一定是存放着宝贵的物件的，想不到只是塞满一堆杂货，例如木块藤条皮革布帛绳索等，看不出有什么重要性，大家都颇为失望，不过因为箱子的接缝和榫扣吻合完美，密封之下连水汽都进不了，每件东西也就保存得好好的，不见时间的侵蚀。

一位工作人员在箱盖内侧发现了隐约的铭印，用软刷子小心剔出了它的形状，原来是一行三篆字，灸刺在木底上——

湮仿生。

仿生很容易了解，莫非就是模仿生态的意思了，然而湮是什么呢？

大家都在思索的时候，有人惊叫起来，啊，这不是以"名巧"为称的战国著名艺师湮的名字吗？美术馆上下内外都兴奋了。

复修部门谨慎地开始了工作。先拼合出身体，再画眉点睛染颊上唇贴发，外貌很快地恢复了。然而修理齿轮机关的作业却麻烦得多，要辨别出那些一格格一块块一缕缕一片片的是什么东西，应该排置在哪里，有什么作用，摸索出它们原来的组织构造，各种各样的连接运动协调平衡等等，这工程简直跟医学上寻回真人的记忆一样复杂呢。

政府全力支持，重金聘请了海内外最高明的艺术家和机械工程师，同心合力全力以赴，到底是重建了偶人的记忆。

令人紧张的功能测验开始；拍拍它的肩，四肢活动了；提起它的手，妙曼地跳起舞来；在它的指间放入一支笔，面前铺开一张纸，在众人的凝视下，指慢慢捏紧了，手腕活动了，笔抵在纸上，开始移动，笔下线条出现了。

众人中魔一般不动弹，唯有眼睛随着笔移动，一片肃静，只听见笔尖悉悉走过绵纸。

终于画完了形状，笔止，偶人收回手腕，回复原先的舒闲模样。

多么优美的一幅白描花卉！婉转的线条像飘浮的轻云，涓流着的水纹，细细的兰叶在微风中晃动。那花又是什么花呢？啊，是先秦壁画上能见到的木芙蓉哪。

只是怎么碰触下巴，偶人都一声不发，怎么调整齿轮的机关，唇微微笑了起来，现出想开口的模样，却是全然的沉默，看来期待它讲故事是不可能的了。或者，经过了如此长久的生活，他是不想再说故事，或者没有故事可说了？

真伪的问题浮现。首先，这果真是战国名匠湮的作品吗？还是一件他人或后代的仿造？材料的年代经高科技化验证明属于早期是说明不了什么的，后人用古旧材料制造新产品是赝仿界常见的事情。而且别忘了，湮的高足子勤是怀有老师的绝技指南《械制》一书的，而这本书后来流入他人手中也是极可能的。

若是模仿，自然是技拙，做不出奇妙的说话功能的。但是，如果不是名载历史的偶人柳的真身，却可能是它的一个粗胚、翻模或替身呢？

或者，偶人柳的功能本就如此而已，我们听到的莫非是随时间过去在口传之间神化了的故事？或者，其实从来就没有偶人柳这种事，只不过，例如宣传吴道子画龙点睛于是墨龙腾壁而飞一样，又是一个为了彰显艺术家如何了不起而捏造出来的子虚乌有的史事？那摘心的情节更是笑话，修复人员在整理的时候，就是把箱子翻倒过来也没见到什么宝石的。

美术馆一改往常的官僚颟顸作风，很快就完成了特展的准备工作。

开展的一天，民众风闻而来，在馆前排出了蛇长的队伍。大家依序入场，都觉得眼前一新；这次特展的布置比往常好看了，例如空间安置妥当，灯光照到了对处，解说也写得专业很多，不再像以前那样随意发挥忽悠混沌了事了。

相传春秋战国时代男子俊美，毕竟让我们看见了实据，那入鬓的长眉，滴溜的漆瞳，俊挺的鼻梁，春花的肤色，依旧润着的欲语还休的双唇，让隔着玻璃展柜这边的我们都止住了呼吸，不能抑制惊奇和赞美。

咫尺相会，就站在他的面前，给他这么深情地看着，我们的问号不见，怀疑消失，真品仿品真身替身真人假人等等都不在乎了，只像二千三百年前的那魏襄王一样，也油然地爱慕起他来。

原载《联合报·联合副刊》2012 年 3 月 29 日，

《世界日报·世界副刊》2012 年 4 月 18 日

亮羽鸫

这是一个黄昏的茅草的山坡，坐着年轻的一男一女。

男子就要遵照集合令开拔前线，在这里的山坡却嗅不出任何烽烟气息。

别离就在眼前，两人昨天照旧激烈地吵了一架。在语言上他们都是极权，坚守自己的想法和发言的权利，不容一点混淆一点异议来骚扰阵地，两人知己知彼旗鼓相当又绝不妥协，所以不战则已，一战便能相互击中要害，总弄得两败俱伤。

今天虽然照例相见，自然哪一方都没有弃守的意思，就算明天就要分别，就算这回很有诀别的可能，也是要清清楚楚把立场弄明白的。诚实是双方协议的战规，必须绝对遵守，对彼对己这都是杀伤力至强的武器。

今天不是周末不是假日，他们上午就开始在一起，有一整天要厮缠。天空落着看不见的毛毛雨，动物园里清清冷冷的，野兽们蹲踞在笼子里，无所事事，好奇又同情地目迎目送他们走过一个个的牢笼，走得漫无目的，铁青着脸不说一句话，不向观众泄露战情。

露天音乐厅的舞台上没有节目，零乱摆放着的铁椅之间没有别的观众。他们没有雨衣就径直坐下在湿漉漉的椅子上，好像跟衣服跟椅子也在吵架似的。

男子乱着一头发，显然昨夜没睡好，从裤口袋里拿出一包烟，抽出一根，含在唇间，合拢双手护着火柴苗，好不容易才在细雨中点燃。

　　烟在看不见烟的灰色天空中无着无落，不知该往哪里飘。

　　不说一句话，让沉默充满时间和空间，就像是宫本武藏和佐佐木小次郎对决出刀前跨步摆下一段寂静时间，无言伸张着压力。无言正是一种挫折对方心防的策略，一种不行动的行动。

　　冷冷地他们坐在那里一直坐到了下午，也不去吃饭，并肩而坐却坚守壁野，对峙，一触即发。动物园整个都噤住了声音，四周世界变得静悄悄的，连雨也知趣地收住了脚不敢再打扰。

　　他们站了起来，不管一身湿，走过一片无人照顾的草地，颓坍的砖墙，凌乱的矮树丛。然后他们来到那片披着茅草的小山坡。

　　风从坡底的城市吹上来，茅草随风势前后摇晃在他们眼前成为动态的图案。坡上只有一棵细瘦的树，枝上停着一只黑摸摸的鸟，一声不响一动不动。

　　现在两人坐来了石块上还是不说话，任由坡底风把两部头发飞刮去头顶，两面旌旗掀打在空中。

　　鸟歪过头来，瞅了一两眼，还是一声不响一动也不动。

　　一截洋红色突然闪入灰寥的视网——有人走上了坡，一个男人和一个女子拥着走上了草坡，从茅草掩住的这边你可以听见细碎的说笑声。

风中的草丛形成晃动的屏障，时开时拢。开时就像舞台的帷幕拉开。

你先看见的是棕黄色的脸庞紧贴着牙黄色的脸庞；再看见的是棕黑色的手攫着牙白色的胸脯；再看见卡其色军服紧压在洋红色的洋装上。然后你看见一截雪白的胖胖的腿。

及人高的茅草摇晃着开与合，舞台忽隐忽现。这里是城市以外的空旷的山坡，没有人会以为除了自己还会有别人。

两个身体开始了节奏性的动作。

他们侧开眼睛，望去别处。望见了那只鸟。

嘿，哪里是黑摸摸的——

栗红色的眼圈，茶褐色的脚趾，羽色分不出是黛紫还是青蓝，还是紫蓝绿棕各色的混成，全体烁闪着金属的光泽。

好漂亮的一只鸟呐。

士兵和女子又紧搂着走下了山坡，洋红色不见了。茅草重新占领疆土，视线回归寂寥，风持续从坡底的城市往上吹。

他伸过手，掌心放过来搁在身边的她的手背上，伸开手指，寻找底下的五指。底下卷缩起来，退躲了一下，迟疑着，到底是反过来掌；现在指与指短兵相接，并不让步。绝不道歉，昨天的事依旧统统都记得，他们又再一次不分敌我纠缠不清了。

　　戒严时期的爱情，外在的冷漠压缩内在的动乱，至暴力的边缘，不是你死我活就是要同归于尽的。

　　深深陷入对方的颈椎地带，彼此的肌体因这么久这么焦虑地等待着一声号令，一项承诺，一条协定——其实就是一个接触，一声话语——而滚烫，连方才被雨打湿的衣服都冒出烟气了。

　　天陲那边夕阳辐射出光芒，城市为终战到来而欢然。

　　然而真正的战事在持续，炮火连连，伤亡惨重，别军已经考虑介入，使用化学武器或核武器，战场的嚣声像隐约的雷鸣，威胁着随时就到来，增援令已经颁发，队伍已经集合，明天就开拔。动乱、战役、事件等，像标点符号一样把生活分划成章节段落。时态总驻留在备战状态。一切都是须臾的、虚无的，也是浓缩的、纯粹的、强烈的。

　　热情驾驭成冷峻，狂喜淹窒在沉郁里，快乐唯有从悲哀来领受，虐待狂和被虐狂的气质同体一身，都耽溺沉迷在极限和极致中。

　　而黄昏的光，灰蓝的海洋，青芜的山峦，灰蒙的城市，茅草的山坡，以及拥抱的爱人，在即将卷入记忆的旋涡以前，都看在我的眼里，那只漂亮的紫羽鹄在心里说。

原载《联合报·联合副刊》2009 年 8 月 26 日至 27 日，

《世界日报·世界副刊》2009 年 10 月 25 日至 27 日

杰
作

从小学作文课写"我的志愿",大家都要做"工程师""边疆屯垦员"起,春生和夏长不约而同,都立志要做作家。

很多年以后,我们在读收藏在图书馆的两位知名作家幼年时的作文手稿时,仍能感到字里行间那一股天真的豪气,为夏长的有志竟成而高兴,也为春生的失踪而惋惜。

语文老师翻开本子,读到第一行就笑了,边修改边想起自己小时的同样心愿,特别同情,在课堂上夸奖了二人一番,还让他们在同学面前各自朗读了文章。坐在最左排的春生和最右排的夏长隔着教室的空间向对方会心微笑,从此成为莫逆的好友。

两人朝夕相处,互相切磋,不知觉中慢慢长大了。论勤劳二人不相上下,论才性春生快捷敏锐,夏长敏感细腻,只是作文老师打开始就认为,就是从小小的年龄,夏长也透露了一种少见的沉稳,未来恐怕会有更甚的成绩。

语文老师慧眼识才,预见了未来。

学成以后春生加入媒体,夏长选择了服务教育界,两人在文字上都很坚持,他们相互允诺,一天各自一定要写出一本留世的杰作来。

报社业务繁忙紧张,工作所要求的快捷犀利正是春生的特点,能够发挥一己之长,春生充满了斗志,做什么事都先人一步,工作态度比谁都认真进取。短时间他就脱颖而出，受到报社的重视，从内务调到线上，调到外勤，报道范围从本地扩延到全台，到国际。本只坐在办公室一角誊写别人文章的春生，逐步晋阶，开始奔波在热线、独访、特约、专辑上。

哪里有新闻有事端有争议春生就去哪里，他主动要求担当艰难的任务。例如是他去勘察台风、水旱灾、坍方断崖、土石流等；是他，去战争中的巴尔干、阿富汗、伊朗、伊拉克等；是他，驻守非洲饥区、疫区、俄日核灾区、地震区等。能为报社抢到一手新闻令高层赞扬不用说，别人畏缩逃避的危险任务一手都拿下，更使同侪对他都充满了感激。

春生的成功很大一部分要归因于他过人的机智和胆识。他总能用巧计潜伏进内部组织，探索到秘密行情，可以留影的不错过一个镜头，不能留影的就把自己眼睛用成摄影机。举例说吧，为了探查一件美术馆内部盗换国宝事件，他把皮肤晒成棕褐色，留出小胡，伪装成从东南亚来的华侨富商收藏家。又一次他深入地下组织，和黑道攀上交情，调查一件惊险的绑架案，不但取得了别人没法到手的资料，还顺便充任中间人，协助涉案家人谈判，赎出了肉票，据说对方在感激之余赠送了六个数字的巨额酬谢呢。还有一次他伪装成瘾君子，把瘾发的模样学得惟妙惟肖，混入毒品社会，这样自然又是获得了一手独家惊人资料了。

无论什么题目由他来报道都变得有趣无比，要闻或争议题目由他来写最能发挥。他总是能全面照顾，穿透入里，呈现精准的文字和独特观点，让读着的我们如身临现场。难得的是他还能超越写实，把我们带入其他记者都不能达到的情境，替我们展现了比真实更真实的奇妙景象。他的文笔既顺畅易读，又深具说服力，每每专辑、专栏出现，服务处的电话就会响个不停，回应的潮水一波波接着来，报纸卖得特别好，报摊前边排起了队。有春生坐镇报社，发行量增加是不用说的了，广告方面的成长指数也直线上升，其他同业们看在眼里只能又羡慕又嫉妒。

春生如此勤劳认真，人人都赞扬他有难得的专业精神。春生自己则心里明白，这课业的一切努力，实在都是为了一件事——有一天，可以拿起创作的笔，写出一部杰作。他没有忘记从小就立下的志愿，只等待时机成熟。

这时间，夏长在乡间学校安静地教着书。学生们都很守规矩，教学量也有限，寒暑假加起来属于自己的时间不算少。夏长配到了一间颇宽敞的宿舍，就为自己打点出舒适的书房，把世界名作家的肖像，和自己用毛笔工整抄写的名言金句或挂或贴在墙上，以为鼓励和启发。

原来和春生一样，夏长心中真正惦记的也另有一事；除了教务所需，并且得不时挪出时间应付升等审核，写一些不明所以然的论著以外，他的时间和精力也都放在一件事上——写出一篇巨作。

夏长把头埋在古今中外名著里，勤读书勤收资料做笔记，文件图片剪贴归纳存档，一夹夹一盒盒一捆捆一叠叠一落落，桌上椅上架上，书房里放满了就放去卧室厅房，厨房，只留出一条走道进出而已。

课余的时间，他开始边想边写，边写边想。思路不明，运转不顺的时候，他就放下笔，抬起头，看看窗外的竹林，松懈一下干涩的眼睛和酸硬的肩臂，瞧瞧墙上贴着的名家肖像，念一念醒人的金句，或拿起手边一本名著，翻开读几页，试着模仿一样的语句。

每晚入睡前，夏长躺在床上盯着天花板，构想着小说的情节、句段的连接。他把想法带入梦里，人说日有所思夜有所梦，果然梦里出现了解决滞局的方法，这时他就会赶紧在梦中奔向纸笔，仔细记下来，一边告诉自己明早一起床就把笔记誊入稿纸上。可惜的是，第二天早上醒来不是遍寻不见那张如符令一样可以打开创作谜团的纸张，就是忘记了梦，就算是记得了梦里说了些什么，也发现无非都是荒唐到用不上一点的东西。

写完一两段，自己拿起来读读，似乎也还可以，怎么再写下去，却很茫然。看来平淡的避世生活似乎对写作并没有什么好处。不知觉中心情发生了变化，本来是天天恨不得马上就坐到书桌前的，现在感到了勉强，本是一坐下就不想起来的，现在是坐一下就耐不住了。

越写不下去，越不想写；越不想写，越写不下去，不良循环造成，很令人懊恼，想不到一生都在设计的方案，执行起来这样地问题重重。

从学校回来夏长开始只想吃顿轻松的好饭，饭后只想去外头走走，去竹林散散步。有位学生家长给他送来了一架电视机，为了不辜负好意，本来拒绝看电视的他也就收了下来。现在晚饭后连竹林都懒得去了。

坐在躺椅上蛮舒服的，看点新闻吧；看完新闻，接下的政评很热闹；可是言论颇无聊，转过去公视看看；有关大自然的纪录片有益创作的，至少可以获得生态资料；又到播报新闻的时候了，听一下五天的气象预报也好。这么对着荧光幕的节目一个接续一个看下来，还没到睡觉时间怎么就开始昏沉沉了。一天夏长突然发现，脑子里尽是电视里的人物和事务，翻来转去的程度竟超过了自己小说中的人物和事务，懊悔和挫折感顿时涌上来。

日夜苦写，对着稿纸夏长陷入低潮，在一片文字的迷阵间茫然挣扎，心神萎靡手笔迟疑。

各忙各的，春生和夏长已经不像小时候那样常常在一起了，但是一年将尽的时节二人总会设法见个面，谈谈近况，交换一些讯息，让老友知道自己过去一年的生活，三百六十五天的冒险。

春生告诉夏长怎样在年初的震惊金融市场的丑案中，探出政商金权结构的体系和操作；怎样加入公职竞选的后援组织，探得贿选、地下赌盘等黑白两道的联手经营；怎样穿上防弹背心踞伏在子弹横飞的战斗前线；怎样在国家领袖云集的高峰会议旁听席上听取环球局势；怎样跋高山涉海洋踏沙漠入深林，坐直升专机视察地球生态环境文化人民等。在这一连串的热烈紧张的行动中，怎样见一等奇事、一等奇景，遇一等人物，尝一等美食美酒等。

春生慷慨地携带老友一同回到当时现场，共历实况，口才特好的他总是能让老友听得津津有味，面上露着入迷的神情，从不在乎对方说的是真是假。替他单调狭窄贫乏的生活，春生开拓了地平线，带来了世界。

不远的寺堂敲起午夜的钟声，一声接一声，回荡在清澈的寒夜，他们举杯，互祝新年快乐。

春生的冒险终于给他招来大麻烦。关于这件事，我们得回到日前轰动了社会的"填鸡案"。如果你还记得，这件缉毒案最有趣的地方是运送毒品的方式。毒贩把金三角极品白牡丹填入保险套，缝入锦鸡肚内，以后送上飞机。锦鸡属珍异禽类，到达地点取出货后再高价活卖，两样都属奇品能带来巨大的利益，这是最理想的结果。万一鸟在过程中送命，海关通常会加以烧毁，这证物一旦消失，就无罪可定了。如果海关懒得烧毁，整批扔去了大海，那么探出地点守候在那里，趁夜黑风高时打捞，一样好办。如此这般运作几无危险，只是没料到自己人出卖了内线情报。

如此有趣的案子名记者怎会错过的？春生再一次巧计深入险境，探得姓名密码等，不但协助警方破了案，在他的生花笔下，一篇精彩的报道又出现在页首，让人读得不能释手，自然服务处的电话铃又响个不停，报摊前排出了长队，街头巷尾又有闲话题材了。

然而这一回黑白两方都对春生不耐起来，黑道自然是早就要除掉他，而正经人士的忽悠颟顸屡屡被他暴露，其实也如鲠在喉，恨不得吐出他为净的。敌意来自两方，危险双重，威胁信、无头电话等开始出现。做记者的他并非不熟悉这类恐吓，认为只要小心一点，避过风头就能安然无事。丰富的经验告诉他，本城人士个个忙碌又健忘，事物无论轻重大小，当今天成为昨天，明天又成为今天时，就会什么都甩去后头忘记了他的。

一个早晨出门上班，巷子里走得好好的，突然侧驶过来一辆货车，他闪跳到水沟边才避过。一天从报社回到公寓，门窗大开，什么也没偷，只是屋内凌乱得像台风过境。又一天，信封拆开时从里掉出了一截干手指模样的东西。无论是否是真手指，他明白情况非比寻常。春生向报社告假，上峰收到官方压力也正感到为难，让他避避风头也好，欣然批准了申请。

夜深沉，窗外田埂蟋蟀啾唧，突然响起敲门的声音，夏长从书桌旁站起来，开了门。提着旅行袋的春生站在眼前。一句话不问，后者向老友伸出了欢迎的手臂。

远离城市的居处很安全，来客打算暂住一段时间。主人专为他整理出一间房，来客不能更感激了。

趁此匿藏时间，索性开动那一件念念的工程吧，春生跟夏长说出了心中的打算，后者衷心地替他高兴。

春生说："在工作上这么卖力，莫非是在做准备工作。"

"我完全明白。"夏长了解地点头。

"虽然困在这里，思路可没人困得了，才能谁都抢不走。"春生说。

"可不是，我们都有自己的能力。"夏长非常同意。

"过去现在和未来，都在我掌控中。"春生骄傲地说。

"真是太好了。"夏长衷心替他高兴。

虽是小小的一间房，却窗明又几净，外边是一大片竹林，早晨有清脆的鸟鸣，黄昏有明净的光影，没有更清静舒适又安全的写作环境了。

"你一路来我这时，有人跟着你吗？"夏长问。

"我想没有吧。"春生说。

"有人看见你进来吗？"

"应该是没有的。"

"那么是没有一个人知道你在这里了？"

"我想没有一个人知道我在这里。"

"你愿意住多久就住多久吧。"夏长贴心地说。

虽然是亲熟的友伴，还没这么日夜并手抵足地生活过呢。二人重拾记忆，温习过去纯真时光。常在各自工作告一段落或者晚饭后的时间，他们各坐桌的一边，新沏的热茶握在手，没有拘束地说着聊着。深厚的友谊建基在童年，他们对彼此的坦诚和信任是到了把对方当作自己的地步呢。

春生开始告诉夏长心中的构想，夏长不能更高兴地借出耳朵，于是晨昏在绿荫的窗前，二人开始了面对面的长坐。

一边叙述得丰满，一边听得仔细；一边是奇异的设计，一边叫好不绝；一边迟疑或停顿的时候，一边耐心地等待。

一边说得顺畅，一边就感到宽心，一边高兴起来，一边还更兴奋。

说的人站起来，紧握双手，开始在屋里踱踱。

"别急，坐下来说。"听的人了解地安慰。

述者再坐下来，脸色因兴奋而红起来。

听者伸过去手，亲切地拍拍对方的肩头，"歇一会，慢慢来。"

茶尽了，再烧壶热水，夏长站起来。

一边为彼此又添满了杯，一边安慰，"故事是你的，谁也抢不走。"

能空出的时间都空了出来，只为老友服务，夏长对春生真是太体贴了。春生只觉得自己幸运，坐在面前的不只是一位听者，也是一位咨询者、导引者、知音，忠诚的陪伴，感动的鼓励，啊，谁能遇到这样奢侈的友情呢。

一个倾心地说，一个虔心地听，这么地热切，这么地专心属意；他们是共分记忆的同伴，共探奇境的同路；同在场的目击，陷构阴谋的共犯。

说者有顿挫，听者便提醒，有遗忘，就督促，所以他们看起来也像是一边是告白的囚犯，一边是套供的侦探。

窗上移动着两个人影，有时安静，有时骚动，一会重叠，一会各据一方，形影难辨谁是谁。天渐渐亮了。

过去了多少日夜，已经不再去计数。

一天，春生请夏长带一瓶好酒回来。

这一夜，一边是说得特别精彩，一边是听得心神眩迷。

终于，话语停止。一段时间很寂然。窗外蟋蟀也屏住了呼吸。

"故事在这里结束。"春生长长嘘了一口气。

好一会后夏长才惊醒过来，反复撞击在琳琅交鸣的感受中。

毫无疑问，这将是一本旷世之作。

绑架案发生得突然，报纸的大标题是，"名记者出没难测；狡匪徒来去无踪。"

据报道，锦鸡贩毒案破案后，匿迹的名记者春生昨天晚上突然出现在乡间田埂间。据同行友人回记，他们正走着时，突然不知何方驶来一辆黑轿车，在埂边停下，跳出三两个黑衣人用枪抵着腰背，将人胁劫进车厢后扬长而去。

名记者突然再现身，媒体以为头条，大家又记起了他，纷纷追买报纸，聚坐在电视机前等待进一步消息。

同行友人是绑架案的唯一目击证人，出现在镜头前，脸色苍白努力控制着颤抖，显然还在震惊中，手臂上明显带有伤痕。我们可以想象，那一时节的情况现在栩栩走过他眼前，他是在经历着多么惊吓的回忆哪，失去一位挚友，多么让人难过啊。

被问及绑架者是谁、什么样子时，他迟疑了一会，低下头，深深自责地说，天太黑，事发得太突然，没看到对方的面目，甚至连车牌号码都没想到记下来。

目击者只有模糊印象，缺乏具体线索，对侦查的帮助非常有限。

案件悬置，名记者下落不明。谣言说，当局其实是有意拖延，目的是让案子不了了之。我们前边提到黑白两道都对名记者咬牙切齿，选在此时而非他时动手，自然跟选举此刻正进行在火头上有关了，在这敏感时期，是包括了敌我两方的各个党派人士都希望他不见的。

　　无论谣言传闻是什么，都不影响擅于推测文字背后真相的我们的了解，这必定是聪明的记者玩弄戏法，布下自己失踪的烟幕——他自然明白这一次选举将会给他带来怎样的危险的；绑架案其实并没有发生，是友人协助罗织事故，发布假消息，混淆视听，继续把人窝藏在哪里的。他在电视前的颤抖，不过是因说谎而紧张而已。

　　我们都钦佩名记者的才华，真希望他借虚拟绑架案而脱离险境，现在安心地匿藏在什么地方，努力于宏志的实现，某日将以一篇杰作和我们再见面。

　　然而这一回失踪却要彻底得多，我们竟然再没见到他的踪影，或者听到他的消息了。

　　夏长先生出版了第一本小说，写得委实动人，诚如很多年前语文老师所预言的，一种沉潜实为大师气质，为其他作家不能及——隐世生活果然是对创作有好处的，小说家为我们出示了最佳的例证。

　　这是夏长先生第一本著作，大器晚成，可说是不鸣则已一鸣惊人，评论家们一致赞好外，又高居畅销榜不下，叫好又叫座。这样为精英和庶民共同喜爱，为本地述事地图树立了跨越疆界的崭新标杆不说，还在国族民族在地外来语言语境转移松动跨越颠覆殖民后殖民等议题上提供了不能更具涵盖性的范本经典。它将由有关单位协助译为多种外语，提醒国际文学界一向对我们的忽视，展示我们强劲的文化软实力，并且同时向诺贝尔进军！

你拿起书，怀着虔诚的倾慕，一页页专心地读。然而恍惚游走在字里行间似乎总有一种熟悉感，让你记起了什么。啊，我们记起的是名记者呢，是的，如果仔细读下去，你读到的是类似曾经在名记者的报道中见到过的那一种精彩的叙事盛景。这也难怪，低调的小说家勉强接受本城三大报访问，谦虚地谈及过去时，提到他的确曾经有一段时间的生活，是和今天还不知下落的名记者息息相叠的。

当我们一口气读完杰作，在余感荡漾中翻回到第一页，再看那用工整的楷书字体印着的"献给春生"，不禁为二人之间的挚情深深感动了。

原名《一篇伟大的小说的诞生》，

原载《自由副刊》，1996 年

收回的拳头——
温州街的故事

阿玉没心吃早饭，背好书包打开门，心忡忡地跳起来，这一程上学的路，像小红帽一样，她得通过好几关大野狼的追踪。

七点多，巷子的一天还没开始，静悄悄的一个人都没有，可是阿玉明白这可是战役前的宁静，垃圾箱后头就有敌人埋伏。

一只手拉紧了外套的领口，另只手扶书包，贴着巷边的阴沟仔细走，越走近越紧张。

显然今天的垃圾车还没来过，五颜六色的塑胶袋满到了箱外，胡乱堆成了小山头。隔夜的菜饭、啃剩的骨头、空瓶子罐子保丽龙盒子，一齐都从裂口吐了出来，腐烂的气味洋溢着整条巷子。

果然从乱山冈后边站出了老人，蓬着一头白发，敞着土绿色军外套的前襟，挺直站在琳琅的垃圾之间，像个大将军，张开没牙的口，呼出烟样的白气，向阿玉呵呵地笑起来。

阿玉拔脚跑，跑呀跑，跑过了垃圾堆，跑到了巷那头。

脚步可以暂时稍缓，可是注意力不能缓，现在要经过总司令家的外墙，必须为第二重埋伏提备。

别人都还是竹篱笆的呢，这面又高又厚水泥打得平平整整的长墙可是巷子里最体面的一道墙了，你看那墙头还镶着五彩碎玻璃，正在这时的阳光下闪闪像钻石发光呢。

可是阿玉没时间和心思欣赏，只顾低头垂眼快步地走。

沿着长墙走着又走着，它终究是要走完的，阿玉的心随一步步脚步提到了口；男子躲藏在墙尽头的电线杆后。

冷飕飕的天气还穿着咸菜样的汗衫，跟电杆一样瘦直的个子简直就是电杆的一截，斜着眼睛等你走近来，一声不响动也不动，除了眼珠子在滚动。阿玉从头到脚麻起来。

男人把手探进裤裆里摸索，啊呀，再也没有更恐怖的旧布袋似的东西耷拉到了拉链外！阿玉拔脚又开始跑，跑呀跑。哗啦啦的洗牌声翻过碎玻璃泼来了巷子里。昨天黄昏开始的总司令家的牌局通宵打到现在，精神一点都没减。

半爿小店已撤下了窗板，展列出窗缘上摆着的一包包新乐园和大大小小的瓜子、糖、花生米罐子。为何这早就开了门？啊，老板除了卖杂货小食外，还兼有监察本巷进出活动的工作呢，从敞开的窗面可以斜看得很清楚的是总司令家的大红门。

现在来到菜场旁的小街，三五分钟的路程却走得特别久，原因是不能简单地直过巷子，必须闪进菜场里头，以便应付第三重追踪。

鱼摊肉摊酱菜摊杂货摊之间阿玉迂回隐藏；鸡笼鸭笼鹅笼后仆伏前进。

主妇们还没提菜篮进来，营业开始前的一片忙碌，雪亮的刀刃霍霍磨在石块上，刀落处肉开骨裂、头尾分家。

剁斩的声音、吆喝的声音、骂脏话、鸡鸭叫喊，阿玉躲过血腥的桌板，跳过横流的污水，避过飞溅的渣屑，遮掩过冲鼻的腥味，像冲锋陷阵的士兵。

尖钩刺穿血淋淋的五脏和白花花的板油，一球球一块块一串串挂上了摊位。摇晃的肝肠和油花之间，浪荡少年身影恍惚，几番迂回穿梭后终至于让他放弃了尾随，阿玉深深吸了一口市场外的新鲜的空气。

为什么不去上学呢，市集游荡的这少年，头发也不去修剪一下。

阿玉按了按自己的头发，整了整制服，重新背正书包，早晨的险路一半已经过去了，现在振作精神，继续向前进。

小姐，买串茉莉花，买串白兰花吧，女孩子提着竹篮迎上来。多么甜美殷勤的声音，清纯可爱的笑容，这么一大早就出门帮忙家计了，多么令人尊敬的孝心！有谁能说以上都不是美德？然而美德总是可疑的。香美的外表隐饰着魔鬼的真容。篮里的碧绿的芋头叶子上头固然放着洁美的香花，叶底下藏着的也有真难堪的东西。

那是一种老师看见了立时就面红耳赤，扬声斥责和没收的照片呢！

现在得甩脱照片里的和照片外的妖精！阿玉退步闪身，拔脚再跑，跑呀跑，跑过了十字路口，跑过了公卖局，跑过了小公园，一排大榕树的后边学校的墙垛在望了。

隔着街面看过去，校门口空荡荡的已经没人进出；啊呀糟糕，这一路的战局耗费太多时间，竟是让自己又迟到了。不过，只要冲过街，在校门尚未完全合上之前冲进门里就不会给算迟到的。

街边停着的十二轮军用卡车发动引擎，呼哼起来，慢吞吞地往前开动了。

一辆接一辆，无休又无止，时间是这样地漫长。

八点的警铃响了，女高音尖声叫起来，在驶动着的车辆和车辆之间校门时隐时现，这么地接近又这么地遥远。

最后一辆卡车到底是等过去了，可是大门已经全然地严严地合上了。

现在必须转从后门入校；阿玉骤然重新紧张——后门，有最可怕的第四重埋伏！

女高音还在叫，估计训导主任还没转到后门去监督。如果可以赶紧进入那狭窄的后门，闪入冬青树的后边，从树丛后匍匐前进，跳上台阶，蹿入走廊，教室在望，一切灾难就能过去，只盼运气好。

站住！哪里去？不料门后早已设下袭击。

过来，站到这里来！阿玉怯怯遵照指令移动脚步，那是炮弹直接射击的前线了。

迟到还想跑！跑到哪里去！还不给我赶快进教室放书包去操场集合！

正是打算这么做的呀，阿玉在心里嘀咕。对女生大喊大叫还算是客气的，要是男生，早就后脑勺一巴掌了。

阿玉走进教室，却不想去操场听训话和做早操。但是朝会时间是不准留在教室里的，值班老师就会一间间地巡逻过来的。

桌下不是藏身的好地方，厕所也不理想，教室巡逻完毕紧接便会转到厕所去以后，就会毫不顾虑里边是否有人就踢开一扇扇门的。逃朝会给抓到是一个小过，要是遇到值班的是飞毛腿体育老师，更会遇到两只特别有劲的手指把你从耳朵拎起来，拎去走廊。然后你就得在那儿站一个上午，任由同学——包括了自以为了不起的林美美——来去观看，这才是最糟的。

那么，应该躲去哪里呢？

墙角的清洁橱的后边，有一个在拖把、扫把、鸡毛掸、抹布水桶等等之间的隐蔽的三角形空间。

先搁好书包，环视一下内外。没有人。走到橱侧用两只手臂使劲挪开一点缝隙。

这么不出声地躲着，等朝会结束了，趁同学们乱糟糟涌进教室时，加入群体，就能获得安全。

操场上的动静遥遥地传过来；嗡嗡的训话声，口令声，击掌声，呼叫声，喇叭嘎嘎播放着进行曲，跳跃的小腿噗噗落在泥土地上。

有点冷，阿玉蜷紧了手脚，让自己的体温暖和着自己，扫把和拖把之间的园地是多么地安稳舒服，这一程冲锋陷阵也是挺累人的呢。在模糊的各种声音中，阿玉的眼线逐渐恍惚，晃起了头颈，合上了眼皮。

小窝里的早晨的小小的瞌睡，为女孩子引来了什么样的甜甜的小梦呢。

直到走廊的水门汀擦起脚步声，一步一步往这边接近，阿玉才惊醒过来，这第五重伏袭却是攸关死生的。

索，索，塑胶的鞋底拖磨着地面，唛，唛，进来了这间教室。阿玉收紧四肢，密密包蜷成一个刀枪不入的甲壳虫。

经过一排一排的桌椅，显然向储藏柜这边来。

如果能对自己吹一口气，不见了，或者身穿的是一件隐身衣就好了。

鞋声停止在橱柜前。世界一瞬间很寂然。

哆哆，指节轻敲了两下橱壁的门板。金丝边眼镜在夹缝之间闪了闪。

啊，不是飞毛腿，是施老师！

"柜子后边有人吗？"后边一声也不响。

"嗯，不会有人的，"施老师喃喃自语，"老鼠会咬人的。"

金丝镜框晃出了缝隙，双手剪在身后，驼着一点背脊，塑胶鞋底再次搓擦着地面，出了教室，往下一间去了。

同学们终于像放风的小鸡回笼一般给驱赶回来了。

阿玉不敢抬头。这整节课她打定了主意，就这么低头只管把眼睛放在书本上，专心于纸上的课文，不去抬头看黑板，看老师。

众声琅琅，大家念得很专心，"子非鱼安知鱼之乐安知我不知鱼之乐我非子固不知子矣子固非鱼也子之不知鱼之乐全矣。"读毕了。

"好，念得很好。"施老师开始一一讲解词句用意。

垂眼看着一行行的铅字，字体开始融化了，老师的声音有一点儿恍惚，教室的四壁模糊了，往后退往后退。从座位里飘起来，飘出了窗子，飘过了操场，飘去了原野。

都懂了吗？施老师问。大家一片鸦然没人答应，就是都懂了的意思了。

那么，老师走到阿玉的桌前。咕哝说了一两句话。

阿玉显然还在原野上飘舞呢。

呵哼，施老师清了一下喉，阿玉慌忙坐正了身子。

"这一句，是什么意思，说说看。"老师鼓励。

米糕偷偷在旁指点句子在书页上的位置。

就是，就是——

就是——"吃一条鱼很快乐的意思。"

施老师歪头露出考虑的神情，嗯，真的吗？推了推金丝眼镜，又清了一下喉，"能一个人吃一条鱼的确是很快乐的。"

老师没有责备的意思。同学们因多也在原野上飘游，不及注意到二人之间的交流。

作文簿子都改好了，施老师一一发还给大家。

"请回家仔细看看，有问题到办公室来找我。"施老师说。

下课铃响了，到底是等到了释放，阿玉合上书本，扬起头，深深呼出一口气。

"同学们，"休息时间级任老师突然跨进教室，"同学们，"老师站上讲台，"等下有重要的广播，大家各就各位，不可再出教室、再去上厕所。"

安静！安静！老师一再提高声音，不要走来走去，坐回自己的位子！大家都坐好！

经过了一段殷切的等待，架在黑板上端的方盒子到底是发出了咋咋轧轧声，一会后杂音并没有减退，但是有人开始讲话了。

全台军民同胞们，啊呀，是总裁亲自讲话呢，大家都在座位上坐正了。

学期还没结束，施老师突然不来上课了，语文课进来教室的是一位穿旗袍的年轻女老师，腰身美妙，在讲台上走动时下摆开衩的地方隐约现出肉色尼龙丝袜的袜头。漂亮女老师问话的时候要是不能回答，或者答错了，就会跟你煞下脸来，不准你坐下来，这是得在自己座位站上整堂课的。

不见在教室里，不见在走廊上，不见在办公室，那瘦瘦的人影，缓慢的步子，微驼的背，和气的笑容。

去了哪儿？阿玉在心里嘀咕，不是施老师值班，再躲进三角柜后可要三思而后行了。

总司令搬家了，据说给调去了南部，香烟小店随之不再营业，合上了木板窗扉。那道长墙外边，沿着阴沟出现了铁皮小屋，不，不能称之为屋，三五块铁皮和砖头搭成的是遮身避雨的窝棚而已，厕所真是不折不扣的茅房，和学校刚建成的冲水马桶不能比。

窝棚住进了男女老少，有些还穿着军服，据说都是从外岛撤退回来的。

沿着结实的长墙窝棚愈搭愈多，人口愈是繁杂，安静的巷子热闹起来了。

茅房门总是不见关起来，几块长木条拼成的在那里晃呀晃的，臭气晃扬在巷子里，掩过了垃圾箱的气味。

不过大将军和瘦男人都不见了，这下子倒是可以安心进出，放慢脚步，再不用走得提心吊胆了。

七点多，天气凉飕飕的，阿玉加穿了夹里的黑外套制服，上学走过巷子，看见早起的老人偎着棉袄坐在门槛边的小板凳上，穿军服的男人拿着牙缸站在门口操练喷水到十丈远成雾花的功夫。年轻的妇人背着孩子蹲在地上引煤球。旧报纸和小树枝，放入底下的炉口，歪颈一口口吹着，吹出了小小的火苗，端放在炉上的煤球从无数的小孔冒出袅袅的白烟，飘散出呛鼻的气味。

孩子熟睡在背上的花布包袱里，毛黄的小头颅脱线娃娃一样耷落在盛放的牡丹绿叶间。

下午放学时经过，你看见老奶奶在门口小板凳上剥豆子，妇人在搪瓷脸盆里涮洗白菜叶，男人依旧依门抽着烟，目送你走过，向你吐烟圈，小孩赤脚跑来跑去，你边走边得躲闪，别得撞跌了。卖烤红薯的、卖油饼的、臭豆腐的、豆花的、爆米花的，在不同的时间造访。愈来愈窄的巷面有人搭起临时的炉灶，收来几张没人要的桌椅，挂出斜歪的字体写着的招牌，摆出了自家小面摊。

晚霞满天，煤球烧得正艳，葱姜蒜喳的一声入锅，不久各种食材佐料油盐酱醋在锅铲声中拨炒出辛辣的香味，掩盖了厕所和垃圾箱的臭味。

一日的声光在黄昏的这时汇集，凝聚成人间的条件和庶世的盛景。那一条长长的高居在墙头的碎玻璃，迎接着日与夜的种种时态和光线，总是骄傲又毫不吝啬地为底下的人间缀出节日的光晔。

说是夜里教员宿舍来了几个中山装，把人给带走了。

校园里不见了施老师。旗袍美女天天上课，变成了真正的语文老师了。作文簿出现琳琅满目的红批，文尾大字写道，"盼慎用形容词！"

那一天，在橱柜后头打瞌睡的时间，很多年以后阿玉才明白，原来不远处正在进行着一场殊死战。

在阿玉的记忆中，那是一个冬天的迟到的早晨。她仍记得巷子的冷飕、一路的紧张、逃朝会的惊险、语文课的尴尬，还有扩音器咋咋杂音伴随着的嗡嗡讲话，讲话中的一个句子——我们撤守是把拳头收回，为了……

到底发生了什么事，去了哪儿，施老师再也没有了消息。

原载《联合报·联合副刊》2005 年 8 月 19 日至 20 日，
《世界日报·世界副刊》2008 年 6 月 26 日

似锦前程——温州街的故事

阿玉伏下身子，藏到屋脊的背后。从巷子的那头他出现，穿着浅蓝色的短袖衬衫，一步步往这头走过来。

站在屋顶上已经好一会了，为什么还不下去呢？母鸡不是已经赶下去了吗？

先剪去翅膀，就没这事了，母亲说。

剪去了就不好看了，父亲说。

鸡是养来吃的，不是养来看的，母亲说。

待我照过几张相再说吧，父亲说。在大学门口相馆定了的那架照相机，随时就会到的。

这只洛岛红的羽色特别红润特别光泽精神，父亲称赞。

好在是飞到了自己家的屋顶上，飞去了别人家可不更麻烦。母亲说。

台风目前徘徊在台湾海峡东南海域，如果转向西北就能直袭本岛，气象局报告，现提高警觉密切观察追踪中。

忽雨忽晴的果然是典型台风天气，早晨刚洒过一阵快雨，雨洗后的瓦色青亮得像鱼鳞，太阳底下蒸发着细细的烟气。

一步步从巷口往巷心过来，瘦瘦的身材，先是正面地走，经过底下巷面时只看得见一头顶的发。然后转成侧面，转成背面。

阿玉从屋脊后站直了腰身，目送他消失在巷口。

原来鸡还能飞得这么高、这么远的，在院子里仰头看着的父亲说。

怕是乘着台风飞上去的。母亲说。

从哪条巷子拐过来？要去什么地方？

快下来，快下来，父亲说，瓦滑小心摔下来。

不如就留在这屋脊上吧，不用下去面对一天的焦虑、一天的惶然。就要第一次离开家，一个人去一个完全陌生的地方了。

别怕，培养独立精神，未来在前面迎接呢，父亲鼓励。

据说一开水龙头就有热水的，每天得一桶桶接水烧热水的母亲说。

寻人招贴上的女孩子笑着，细眯着眼睛，门牙不很整齐，照片显然是开心时拍的。但是现在女孩子不见了。失踪日期就在昨天。白衫黑裙球鞋，任何线索请尽速来电酬报不计。

是放学时候给坏人拐走的吗？还是趁台风来自己离家出走的？

男子不怀好意地挤在背后，一宿的口气加烟气就吹在自己的颈旁，下身贴过来。啊，在拥挤的公车上常有的一件事就要发生了。随车的晃动果然摩擦开始。那么，现在只好在拥挤的人体之间奋勇向前了。

悠晃着车身公车若无其事地开着，沿着水圳和圳岸上的木麻黄，从车窗阳光一簇一簇地照进来，松针的影子虚晃在随车摇晃的没有表情的人脸上。

停站了，前后门打开，乘客同时挤上和挤下，她拉紧把手站稳两脚，突然发现他走在车窗外的对岸。

一阵骚乱后门关上，公车又摇摆起来。她在车窗这边随着他一起向前走。车开始加速，他落后了；他反停下脚步，走近圳岸边的杂草丛，低头看起了水面。

沟水里有什么好看的东西，这样吸引了他的注意？带着问号她只能看他低头的身影离她愈来愈远了。

日历划去一格，启程日期再接近一天。从早到晚蝉拉着嗓子单调地喊。汗在衣领下酝酿着阴谋。

十字路口对面她又看见他，和她一样在等红绿灯过街。她的头皮麻起来，躲去公共电话亭后假装整理阳伞，不想让他看见。

行人从四方聚来安全岛，绿灯还没见亮就你推我挤蜂拥上了斑马线。他在过街的众人中时隐时现，只有他慢慢地走，安然地走，不管周身的喧闹，八月的烈阳照满了他一脸。

要带的东西都买齐了？母亲叮咛。这回可是喜欢什么就能买什么的，不过能带的行李有限，自然也是不能乱买的。

礼拜天的地摊又齐全又便宜，母亲提出购物的意见。

十点不到，就已经从公园旁边一路摊到小学门口的水泥人行道上了。成衣铺违规侵占道面，用铁丝和塑胶布架起篷帐，悬挂出各式各色的男女长短袖衬衫大花碎花团花裙子长短裤牛仔裤，蕾丝尼龙衬裙内衣内裤。

他出现在一条市集的那头，经过小学门前的水泥地，正走到成衣摊的篷帐下。各式各色的衣服透着八九点的光线都转成透明，灿光光地飘扬在他的头上肩上。

一件裙子撩到了他的发。他停下步子，斜头避开，却注意起裙子来，伸手探了探裙角；难道他是想起了漂亮的蓝花裙子可以买给谁吗？隔着一段距离，他的举止总是叫她充满了好奇。

货该到了吧，父亲咕哝，走之前要拍几张相的。

阿玉，上街的时候帮我去跟好朋友问问看。好朋友不是好朋友，是相馆名。

遥遥站在店门对街的木棉树底下，依旧是一个人，在他的头上木棉正展放着盛夏的茂姿，树叶伸张成掌的形状，托着仰天的手姿。

如同日常的发生，老友的不期而遇，如同具有默契的重逢，仿佛他的出现就是为了她；他是否知道她在注意着他呢？

在晚上于是阿玉开始梦见他站在桥上，水岸边，走在长长的过道上，出现在没有标志的空旷里，睡房的黑暗里，和第二天早晨朦胧亮起来的天光中。

阿玉睁开眼睛，一天又惶然地来临。

他们之间不是隔着一段距离，就是在芸芸众生间交错而行。她不想贴到他跟前去，所以他的模样到现在都还没能好好地端详。然而他总是在发布着一种讯息，带着一种忧郁又甜蜜的气质，叫人回肠荡气。

有一种人，不用接近不用说一句话，就能在眼神中明白，在一个偶然的手势中通晓一切的。

是的他是一定知道的，知道那一种虫咬的感觉，希望发生又害怕发生的期待，隐隐约约的愁闷，不知名目的惆怅，等待出发的惶然，启程前的焦虑。尤其是尾随不去的一种无名的惶恐，如同一条小虫从蜿蜒的小径探出头，吐出湿舌头，咬着心里的角落。

于是他就出现在她日程中的某一节某一地，给她打气。

别每天没头苍蝇地晃来晃去，该收拾行李了，母亲提醒。

照相店老板亲自送了过来，父亲捧着爱不释手，珍宝一样揣在怀里搓摩，用额外赠送的黄色丝绒擦个不停，银色的外壳就愈来愈闪亮了。

老式照相机，不是从方盒子的后头，是从盒子顶上看镜头的，快门按下时还会磕吃的一声响，不过挂在胸前立时便给予了摄影家的姿势。

镜头宽敞，焦距清楚。父亲发表专家评语。

洛岛红踏着神气的步子，滴溜斜着黑眼珠，让摄影家跟前跟后，磕吃磕吃。

来，阿玉，过来，站到花跟前，父亲挥手。那是攀爬在竹篱笆上的一丛缀满了洋红色花朵的龙吐珠。

低头弯颈垂着眼睑，脸都看不见了，只有两条眉毛停歇在相机的上面，头上一部分少年白都翻掀在黄昏五六时的光线里。

看这边，来，抬起头。方盒后边扬起一只手，指挥着花前的位置。

她抬起头，看着镜头，少年的身姿凝结在镜头里，意志铭刻在焦距中。是的，她曾经厘定志向，要离开这巷子，有一天，是的，有一天，要去改变世界，创造未来。

世界没改变前，依旧是随时危机四伏的；母亲的意思是，就要动身了，该杀只鸡来给阿玉送行。

洛岛红收敛了神气，开始步步走得谨慎。

不能杀，父亲说。

不是已经照好了相吗？母亲问。

不可杀，父亲坚持，不可杀。

一向是好说话的，可是这回倒少有地坚持起来，于是就由一只命运欠佳的同类取代了。

滚水淋在大锅里的整只鸡身上，这么烫过之后鸡毛就能一把把随手扯下来了。可是细毛还是得仔细地揪，这工作归阿玉。

搬过来一个小板凳，坐在龙眼树的树荫下，工具是母亲捻眉毛的小夹子。

日光洒满庭院。炖排骨已经飘香。蛋卷冰淇淋车在邻巷按着喇叭。小学的方向传来模糊的军乐，间隔着模糊的口令，和孩子们嬉玩的声音。拔毛的动作悄然无声，在遥远的光阴中聚精会神。

强势总能胜利的道理再一次获得了实证；又抖起油亮的羽毛跩着神气的步子，全家生活得最振奋最有信心最不知死活的就是这只洛岛红了。

在吕宋群岛肆虐一阵以后，台风的裙缘扫过了岛屿，以回旋的走势消失在太平洋。报纸报道某处某处淹水坍方某处某处楼倒屋塌。于温州街这一处，则吹折了几枝大树干，竹篱笆躺下在阴沟边，扯落了一些电线。小心，别踩绊到了高压线。

电杆倾斜，招贴全张都淋湿了，女孩子的笑靥汪出了泪水。

还没找到么？到底是去了哪儿呢？家人怎样地担心着哪。

风雨后的虫声特别清亮。相思树风停了自己摇晃，细密的叶影挑逗着纱窗。浮云在快速的流动中变化形状。榻榻米上斜躺着一块讯息暧昧的月光。

好在夏夜的闷热持续到后来总能让人昏沉沉的，那么把所有都搁置，在明天再来前，让思索沉陷到柔软的睡眠里，让遗忘逐渐据有一切吧。

"机票可订好了？"父亲关心。

"订好了。"阿玉回答。

"等你记得的呢。"母亲是在对父亲说话。

"八点起飞，那么天不亮就得起床了。"父亲说，"我还没去过飞机场呢。"

就算飞机上有吃的，路上还得再带着点，母亲认为，要阿玉去备些饼干花生糖果类。

电杆还斜在原地，现在贴着的是吉屋出租的广告；寻人招贴不见了。

已经找到了吗？平安回家了吗？

通往水源的一条街还没铺上沥青，公路局大车颠晃过去，除了吐黑烟以外还扬起一头一脸的尘沙。下班放学的人潮和车辆争夺天下，两排路灯不甘落后地亮起来了。

点心店应时摆出下午的新货，金黄的蛋塔、松脆的馅饼、掐花的饼干，一盘盘敞放在玻璃柜台上，吐司面包、葱油面包、奶油菠萝面包、红豆馅面包，一个个叠陈在竹篮子里，漂亮的形状，丰足的模样，出炉的烤香从店里溢到了街上。

黄昏温暖地拥罩过来，安定了世态人心，把街化成为一道光。他在期待中又出现。

她睁大眼睛，放长视线，专心地捕捉，努力地追随，一心一意和他取得联系，在她和他之间的距离张出扬帆的势力。

像是意识了她的追随，明白了她的心思，突然他止住脚步，在人海茫茫中转过身来，从世界的那一端，宇宙的那一方，遥远又临近地举起了手臂——

是为了什么呢？为了扶正眼镜？顺一下头发？还是驱赶缠在头上的蚊子？

时间中止，人间静止，空间从四方收拢——他总是要让她惊喜。

是的，她明白，前述种种原因或道理都是不相关的——他转过身，是要跟她说再见呢。

晚霞灿烂的天空，他举起手臂，跟她挥手，与她道别，在很多年很多年以前的一个永恒的黄昏，以一个天长地久的手姿，祝她前程似锦。

原载《联合报·联合副刊》，

2004 年 5 月 14 日至 15 日

金合欢——
温州街的故事

当阿丽中午在食堂吃完便当，望着眼前一排排桌椅，等待下午班开始时，她就会想起婚礼那一天，结婚戒指跌进了下水道。

那是一个白金的指环，中央嵌有一颗椭圆形的钻石，周围镶着十二颗小钻。礼拜六下午正雄不上班，陪阿丽到金富银楼低头对着一柜台的亮晶晶，从下午选到了太阳下山，阿丽还是拿不下主意。

正雄忍不住又打了个呵欠，"就这个吧。表示十二个月都爱你。"

阿丽从黑丝绒垫上小心拿起指戒端详，十二个小钻闪得一眼光芒。小心地套在无名指，正合适呢，对着店门口的最后天光，冷艳的白金白钻把她整只手都衬得透亮。

小心地再退下了它，放回丝绒垫上，跟耐心的女店员说，"好，就这只。"

阿丽挽着正雄的手臂，随着乐队电子琴的拍子，用指尖挑起一角婚纱，在两排微笑之间低头走过长长的甬道，从摄氏二十五度的礼堂踏入三十八度的室外。

领口腰身立时都冒出了汗，沁湿了紧身的礼服。本就粘身的人造纤维绷得实实的，全身箍上了一圈不让你透气的钢网。

百合遇到暑气从梗底吐出绿色的黏液，沾上了镂花雪白长手套，阿丽从花束底下腾出一只手，试着把汗湿的手指从弄脏了的手套里抽出来。

剥皮一样一节节扯出手指，扯到无名指时她忘记新戴的指环，一使劲，竟把它连着手套也给扯了下来。

方才给千祝福万祝福的指环掉落在门口的台阶上，一连蹦跳了三个台阶，蹦进了下水道的铁盖下。

呃……阿丽半张了口，说不出话，全身热汗变成了凉水。

爆竹点燃了，跟在后头的乐队又开始吹打得热烈，大伯母、二姨妈、三叔公、四姑婆、五舅爷、兄弟姐妹堂表兄弟姐妹的欢呼声中，新郎忙着答礼，没有人注意到这里的发生。

阿丽惊恐地抬起眼，看见街道两旁种植着的合欢树，正开着满树的金红色的花朵。

一阵微风吹过，几片花瓣无声地飘下。十二个月的爱情，啊，就这样落了空。

整个蜜月阿丽甜美的笑容后边都隐藏着忧愁，只要正雄一说出街借接节揭截劫，还是圈拳泉劝犬权，还是吃到葱圈鱼丸圈圈圈饼，她的头皮就会紧起来，神经暗自上电。正雄倒是没看出那爱的象征已经不见了在新婚妻子的手指上，甚至在手与手接触的时候都没觉察到什么东西缺少了。阿丽稍稍放了心。

第三十一天回来，阿丽对着梳妆台，忧心忡忡地睡不足，眼皮已悄悄地浮肿了。

从此每早七点半不用闹钟她就醒过来。睁开眼睛，早晨的一块斜光在天花板上悄悄等候她。蹑着手脚下了床，别吵醒身边还在熟睡的一家之主。拖鞋不知踢去了哪儿，就这么光脚板走在凉凉的赛璐珞地板上。

日光悄悄跟她来到厨房，停在炉台上。她舀了一小碗米，捡去黑了霉了缺了角的，直到淘米水变成了清水，她重新加到七分满，坐上炉眼。不过打了两次火，厨房里就满是煤气的味道了。

就站在锅边等水开，她捏小煤气，只让炉上跳动着一圈蓝色的星光，然后拿根勺子搅了搅锅底。可不能结底的，正雄早上喜欢吃的是新煮的无疵的白稀饭，这是婆婆的耳提面命。

小火细细熬着的时间，她从铁罐里拨出油炸去皮花生米，玻璃罐里自己细炒出的肉松，从冰箱拿出包在瓷碗里的自己腌制的酱黄瓜，咸蛋切成两半——正雄喜欢对开的带油蛋黄，一一都盛放在印着瑞士花的大同瓷碟上，这有六十四件的整套餐具还是姑嫂们合送的结婚礼物呢。

然后她穿鞋开门下楼，从前庭的台阶上拾起来早报，拿回家里端正地放在餐桌边。

阿雄阿雄，她在他的耳边轻轻唤。对方眼睛不情愿地睁开了。眯着看了好一会，勉强掀开了被头。第一件事是去上厕所。

　　阿丽最喜欢坐在丈夫的对面，看他享受她细心准备的早餐，尤其喜欢看他用小勺舀出整半个沁油的蛋黄，一口放入嘴里。蛋白是不吃的，就留放在原来盘子里。

　　正雄回去卧室，穿上阿丽昨天新烫洗好的长裤、衬衫、领带、和袜子，再梳一梳头发让发油分布得更均匀，穿衣镜前左右端详，对自己各方面都颇感信心。

　　她听见他关上大门，引擎发动，机车拖曳着尾音逐渐远去了。

　　现在轮到她坐下来吃早饭了。手指沾一点口水把余留在瓷碟上的肉松都拈进口，蛋白咸了点，但是也吃完它别浪费了，节俭是主妇的美德。

　　在丈夫下班回来的六点钟以前，有十个小时的家务要完成，包括扫地擦地洗厨房厕所整理卧室客厅买菜洗衣备饭等等。日日如一日，勤劳又耐心，朝向家长家人们都殷殷期待的典范迈进。

　　从厕所一路脱到卧室的衣物一件件捡收起来，脏袜子只拾到一只。

　　另一只在哪儿？最可能的地方应该是卧室的床边或床下，厕所的马桶边，客厅的沙发旁。一屋接一屋她重新仔细地再走过一遍，寻觅那一只落单的袜子。

　　七点半，不用闹钟地醒过来。斜光已经在天花板上悄悄地等待。早饭备齐全后她坐下来在餐桌边稍息一下。

昨夜做的是什么梦，啊，已经忘记了。

机车的尾音消失。天气有点热了。

小心水量，缓缓地加，让盆土慢慢吸收，别让水满出垫盆。小心裙角，别给弄湿了。

阳台上放着的一盆石榴、一盆秋海棠、一盆变叶木、一盆虎尾兰，和一盆可以掐来直接抹在脸上增进皮肤美白的芦荟。

太阳给对面的楼房挡着，还没翻照到这边的阳台，石榴怯怯地现出了新芽，米粒大的绿点卷藏在去冬没有落叶的老枝上。海棠的叶腋也萌出了花苞了。

在新叶和苞蕾之间，她看见他站在楼下大门旁的大树下。

"从南部上来念书的大学生，"房东太太说，"租了顶楼的小房间。"

八九点钟的阳光透过树叶点点落在他的头肩上，看不见脸，看得见的是满满一头顶的年轻的发。

那是一棵什么树？那也是一棵合欢树呢。

阁楼是铁皮搭出的违章建筑，没有厨房的。

"学生吃食简单，一天三顿张罗在外头。"房东说，用指甲挑弄着刚从菜场美容店做回来的米粉头。

七点半，不用闹钟地醒来。昨晚连续剧里的人物一个个不请再现。她不明白为什么侠客要放过刀客，奸臣取代忠臣，皇帝爱上远不及这个妃子聪明的那个妃子。在斜光耐心等待着她起身的时间，思索着这些重复在每一集里的问题。

树下的南部来的学生已经换上了短袖衬衫，露出等待着夏天阳光的白手臂，衣着模样纯朴。

是个乡下人吧？她揣测。

突然他抬起头，她忙委下身子，躲藏到石榴的后头。

像似在观察和揣摩今天的天气，然后他抬起脚步，向巷口走去了，背影一尺尺渐拉长在早晨的斜光里。她站直了身子，从阳台探出头去，短袖衬衫和白球鞋在巷口转弯，不见了。

她醒过来，枕边人依旧在熟睡。没有特别的欢喜或惊奇，没有热烈的期待或失望。天花板不见那块忠心的斜光，她起身看了看小几上的时钟，原来才六点多钟，那么再躺一会也无妨。

巴掌大的阁楼铁定又闷又热，没有厨房也真是不方便的。

用脚趾探到床下的拖鞋，蹑着手脚走到梳妆台前。从第三十一天开始浮肿的眼皮，怎么这么久了还没完全地消去呢。拿起梳子轻轻地梳，不能吵醒熟睡的人。梳子缠上了几根发，她根根仔细揪出来，揉成一小球，扔进了角落的字纸篓。

阳台还在对面的楼影里，凉阴阴的。楼下的台阶上还留着一块昨夜的雨。前庭没有人。大门口没有人，树下也没有人。想必是还没起床呢。对面的胖太太起得倒早，牵出了毛蓬松得跟房东太太米粉头一个发式的白狐狸狗。

很多事情等着做呢，不应伫站在这阳台上，她转身进屋里，轻手带上了阳台的落地窗。

不过是习惯了他总是出现在早晨的大门口，抬头察看今天的天气，然后一前一后地踏出白球鞋，如此而已。她过的是幸福美满的主妇生活，幸福得第二天坐在早饭的桌旁等待丈夫起床的时间，昨夜的梦都是不记得的。

便有一种期待悠悠地出现在心头，每当每天不用闹钟就准时睁开眼睛的时候。她想他是否就睡在阁楼上和自己一样的床位，是否已经醒来。

她转头看枕边的一家之主，脸上薄薄敷着一层积夜的脸油，一根鼻毛偷偷溜到了鼻孔外。

台北的天气总是这么潮湿，被里涨着水汽，脚趾之间湿漉漉的。

好像有件什么事应该发生，需要发生，究竟是什么事她并不清楚，暧昧笼统隐隐约约的，像花芽藏在叶腋里萌长。

沸腾了的锅水漫出了锅外，摊了一炉头，煤气受委屈地抖着，都要熄灭了，她惊醒过来，连忙把火捏小了，拿块湿抹布抹干净炉头。

我也许只比他大几岁而已，站在水池前冲洗黏答答的抹布，她想。

阳光还没有进巷，上班上学的人还没有出门，还没有垃圾车，没有狐狸狗，一条巷子静悄悄的。合欢树的枝干摆布出优美的身姿，悠悠地舒展着流苏般的叶子。

大学生不再出现已经有一阵子了。家里有事，回南部家里去了，房东太太说。

绵绵连下了几天雨，树皮的颜色从褐黄转成了翠绿，萌出点点金色的花蕾。她开始记挂南部青年会不会再回来住，她会不会再见他。

这梅雨下也下不停，可叫人烦的。

数到了第十二天雨到底是停了，十二只鸽子飞过阳台，树顶吐出红绸子的花瓣，抽出金色的舌蕊，从最高的一层开始，一层层往下开，等到六月的阳光一晒足，整树就烧了起来，有风的时候颤颤地掀着，真正是要飞起来的凤凰树。

一天晚上她梦见他，在海边，天很蓝，海水拍打着海滩镶滚出白色的花边。她的脸庞被海风吹得饱满，身腰厚实得像棵树，手脚都健壮了。

跟我来，她跟他说，拉起他的手。她的手腕有劲，脚步稳健，牵着他，在沙滩上奔跑，跑过滩地，跑过海水，跑向地平线。

地平线上，门口那株合欢悄悄绽放着一树的花等待着她。

她醒过来，七点半，礼拜天。和昨天一样的天气，同样的位置晨光斜等在天花板。不用上班所以男主人起得晚一些，在厕所的时间久一点，早饭桌上报纸看得更仔细。

她已把剩在盘碟上的东西都吃清了，对面的报纸还没有翻掀下来。

对着报纸她说，"我出去找个工作吧。"

报纸后边没有反应。那一满页大大小小的铅字开始变大变小。一会后到底是折下了上一半。

"什么？"不明所以然的样子。

"我想出去工作。"她重复。

礼拜天不上班不用敷发油，头发蓬松得倒也很自然可爱。

"在家里待着不好吗？又从来没出去做过事，做得了吗？"

上工的第一天，阿丽紧张得天蒙亮就起来了。早饭提早备好，化妆盒也昨夜就提前从卧室拿摆在厕所的台子上的。

用指尖沾出一小点胭脂，点水才能在掌心融开；多久没用了？水浅红的一向是她最喜欢的腮红颜色。

穿上鹅黄的衣连裙，配上朱红的细皮带，再系一条桔红的纱巾；清早有点凉。

拿着装了便当的手袋轻轻带上门，床上人仍在熟睡中，可是她得赶七点钟的班车。给自己多留出一些摸索地址的时间吧，免得第一天上工就迟到了。

清晨在门外迎接她，跟他一样站在树下抬头也观察揣摩了一会今天的天气，然后她挺起腰背，踏出了步子。

起了一阵微风，吹落下一阵纷纷的红绸子花瓣，洒得她头上肩上的像个新娘子。

原载《中国时报·人间副刊》，1983 年 5 月 22 日

失去的庭园

各种文学形式之间，小说之具有特别的吸引力，是因为它能来去在现实和幻想、写实和非写实之间，用后者来弥补、救援前者，呈现人间困境，为弱者说话，提拔沉沦。

但是小说也最难写。好的小说得同时具有诗和神话的品质，诗代表了不能翻译的语言、独特的个人风格，是美学的部分；神话代表了迷人的故事、深入的寓意，是思维的部分。此外，写小说又必须仰赖某种非理性的气度或气质，有时需要长期酝酿，可遇而不可求，可望而不可即，有时却又灵光乍现，不请自来，油然而生。

小说这么难写，不能写小说已有一段时间，由是问自己原因。

工作的确变得繁忙得多。托中国和韩国富强起来，日本具有经济实力，南亚各国力争上游的福，东亚系是愈来愈大，学生愈收愈多了。做过老师的人大约都能分享一种经验，就是，你得管学生学业上的事，也得管学业外，包括了和父亲打架母亲吵架、心情烦恼爱情纠纷等。后者自然更有趣，但是精力耗费得更多。

此外，家事多年做下来，终于磨炼出愚钝的心智也是不假的事实。育儿烧饭买菜开车洗碗洗衣扫地等等说来没一件要紧，又没一件不得不做，这么日日做下来，产生滴水穿石的力量，倒是成就了为社会所赞美的勤劳简单的家园人格。你要是看托尔斯泰夫人写的日记，就会明白，在托尔斯泰氏的家中，为什么大文豪不是得管一大家子十一个小孩食衣住行的、本来很有文学天分的索菲娅，而是每天只需"向世界宣扬爱"的列夫了。

一九八七和一九九〇年连续回来台北，接触到台湾生态和文艺环境的快速变化，居住在海外的我感到了冲击。八七年还能收拢心思，写一篇《索漠之旅》之类的文字。第二次回来以后，长时间处于头脑空白状态，一个字也懒得动笔，只觉得写小说这门事真没多大意思。有时真正地觉得，在台湾今天的社会，不如在台大门口摆个地摊都比"从事文学工作"强。

如果借用文学上的词汇，这是给解了构，如果用一句美文俚语来说，这是遇到了"第二十二条军规"。

是的，价值观迥异，调转，架空了。曾经是好的，现在是不好的，曾经是不好的，现在正是好。例如在文学上，严肃、深沉、细腻、温和、绵长这类品质都变成乏味的东西，你要是还谈这些或者为它们而努力，你就是不识时务，或者，"海外作家"。即时、通俗、轻浅、杂浮、短促、夸张、强调官能刺激等，是有势力有读者的主流风格。绘画界谈的是几号多少钱；艺评可以用一字两块钱的方式买来；投稿者得先交刊登费，因为"稿源太多、篇幅有限"。曾经为人，至少一部分人，轻视的名、利两回事，现在则是人人有组织有系统有计划地，理直气壮地追求着。

标准有了大扭转，扭转之彻底和势力之盛行，几乎人人不能避。

无论这种文艺风气是不是在尾随着西欧的"后现代""后殖民"走，它倒是的确反映了当前的文化动向和需求。换句话说，不必去看一大堆翻译理论，揣摩象征代号符码前置后置指涉被指涉等等术语在中文上的意义，你只要在台北街头站上十分钟，看着那横冲直撞肆无忌惮的机车群，它之繁荣昌盛，之陷城市于交通瘫痪神经崩溃的边缘，你就不得不承认，世界已经改变了，人性已经不一样了，而文学也必须要以某种不同的面貌出现，才能面对这种改变了。至于现在流行的写法是不是就是理想的形式，也许还是个疑问，但是在这同时，你不得不承认，不管你喜欢不喜欢，或者离诗与神话的距离有多远，在某种程度上它们的确响应了社会的需求，或者说，反映了时代的现象，如果不是精神。

这一回，倒是自己应该反省了。意识或心态得再整合。过去写过的现在看起来没多大意思，此刻流行的又绝非己志。在否定和怀疑之间，写小说的笔暂停。最大的原因，自然是对小说，以至于对文学，失去了热情。

一天晚上，应朋友邀请一同在饭店吃饭。九十点回家来。斜靠在长椅上，松开卡领的纽扣，准备休息一会再做别的事。晚饭的菜式算是清淡细致，只是味精仍嫌多，余味还留在口中，增加了慵懒的感觉。

那头书房响起了马勒的《第六号交响乐》。旋律缓慢地传过来，流入安静的室内空间。

音与音重叠在一起，分不清音域，进入的是感觉的底层、晦涩的情绪，绵延，把人导入似醒非醒、似梦非梦的境域。

真是暧昧辽阔的音乐，不懂音乐的我听着听着，只能这么直觉地感觉。

马勒在四十三岁的一九〇三年开始写《第六》，花了两年的时间完成。据乐评家们说，这是马勒作品中最具个性和预言性的作品。最后一个乐章描写的是作曲家自己的身世和命运。缜密沉郁的性质使它超过了贝多芬的《田园》，是音乐史上"唯一的第六"。

无论如何，马勒则把它比作结满了果子的树，在初演前的总排练时，自己给感动得了不得，几至痛哭流涕，第二天放弃了亲自指挥。

听着听着渐渐走神了，落入没有边界的疆域，某种模糊的情绪开始萌现，慢慢地涌上来，有一点伤感，有一点甜美，也有一点忧郁。由它蔓延的时间我开始忖度它的内容，说是忖度，其实是在一种恍惚里无所事事。

弄不清它的来源，也找不出它的牵连，过了好一会我才想起来，这可不正是那原本很熟悉的，消失了很久的，只有敏感的少年时候才有过的感觉么？不是为了它的失去——本就早该是没有的——而是为了它的再现，而让人惊奇了。

这时，一幕景象如生地出现在眼前。

一座庭院。二层楼房围着长方形的草地。靠南的这边种着一排垂枝蔷薇，正开着浅洋红色的复瓣花。那边沿楼墙植有十多株樱树，也许因为依长在楼阴里，干和枝的姿态都特别纤秀。小路蜿蜒斜穿过草地引向楼的后门，入口台阶旁有一株高大的印度黄檀——你知道，据说檀木的香气在佛教说法上有解脱人间烦恼的功能——从那拗崛的树结和树皮来看，树龄一定很老了。黄檀的干上，比人高出三两个头的地方寄生着宽叶的羊齿，肥厚滋润绿翠的模样，只有在植物园的暖房里才见得——我住在较冷的地方，在那儿羊齿养在暖房里。树上也生着灰紫条纹相间的可能属于"流浪的犹太人"之类的攀爬性植物，从树干流浪下来，一路流浪到草地上，密密地爬了一地，爬到了你的脚旁，丰满茂盛的程度令你发麻和起敬。

我是从右边的廊道进入庭园的。草色茵茵，这么厚这么密，走上去没有声音。园里没有人。楼里似乎也没有人。这是夏天的午后，市民们都已聚往某处参加一场热烈的反强权反暴力的示威游行，我想楼里的人也都去了。

沿着廊道走到尽头的后门前，把脸贴上模糊的玻璃往里张望，果然看不见一个人影，只看见走廊的墙，斑剥着浅蓝色的漆。

就算见不到人，到阴凉的里边去走一圈也很好。于是我转动门的把手想把门拉开。

锁上了。用两只手一齐再拉，铁锁和门板相撞发出铿锵的声音，响彻安静的庭园。

放弃了进去的打算，回转过身，走下三四级阶梯。走下最后一级，抬起头来的时候，我看见那头廊底完全隐没在黑暗中的角落，拥抱着一对年轻的爱人。

头埋在彼此的颈弯里，四只手臂缠绕在肩头，两人的呼吸若不是混淆成了对方的就是已经消失了。

一点声音都没有地紧紧地拥抱着，无顾于世界的骚乱，脱身在时间以外。

静静的庭园，羊齿以某种顽强的生命力在滋长。

我想我之无法写小说，不是因为工作繁忙、生活琐屑、机车群嚣张、文艺观迁异或者世界改变等，只不过是因为在自己的心中，失去了这一座庭园。

原载《联合文学》第 7 卷第 10 期，
总号 82 期，1991 年 8 月

水

灵

海上常是灰色的日子，眼睛边缘是灰色。

灰色的云和灰色的水连在一起，如果不是波浪缓缓卷来，我几乎以为地平线是在云上面了。云沉沉地压在水上，风起时，它们顶多晃一下，又聚成长长厚厚的一堆。

屋中映满海上的颜色。那些旧木板更苍白了。好冷，火色暗暗淡淡。我不希望安宁这时候来。她回来的时候，头发是湿的，衣服一定也是湿的，大概她连衣服都没有，她一定会冻着的。

这里也有明朗的日子，只是晴得短暂，阳光带来的是柔弱的温暖。天、海水，一起轻轻地、清脆地波动着，岩石有隐约的光亮。

我常常要在这种天气里找点东西回来。偶然也能捉到几条鱼，可是它们看起来那么憔悴，一定是夏季的时候迷了路了，结果还在寒冷的地方流浪着。如果再把它们放在火上烤死，未免太残忍了些。

我只好拾些蚌贝壳，硬壳紧紧压在石头缝里，我要用一把钝口刀子，用尽力气才能拿到。

去年夏天，我们——安宁和我——曾经捉到一条大青鱼，浅红色的肚子上有大片大片的鱼鳞。阳光照在上面，整条看来好像是银塑的一样。

它是潮水冲上来的，皮已经要黏了。安宁说，还是叫它回去吧。我们把它带到深海，它在水里晃了好一阵子，然后摆摆尾巴，走了。以后我再也没有看到这样的鱼，其实它可以再来的，我们并没有杀它呀。

冬天停留得很久，淡色的日子延长着，好像永久一样。可是夏天来得很快。一天晚上，吹起了风，第二天夏天就来了。

夏天，阳光泼下来，在地上泛滥着。

闪烁的天，闪烁的水。海鸟在空中飞，翅膀反映阳光，呱呱地叫着，刮去了空气中最后的一层湿润。

上层的水是白色，从地平线唰啦唰啦地卷过来，慢慢摊开，平铺在沙上，然后一缩脚，又收了回去。滩上有很多贝壳。

去年夏天，我们沿着海滩拾贝壳，沿着水走，走得好远好远。我在安宁后面，她黑烟草色的长发在风里飘着，晃着，打着圈圈。

贝壳浸在海水里的时候，一颗颗像宝石一样的红艳。可是收到袋子里，现在我再倒在桌上时，只不过是些苍黄的碎石灰片罢了。

白天，风很干燥，因为从干燥的陆上吹过去。可是晚上的风却是凉阴阴的。风里带着泪水，带了低低的哭泣声，从木窗吹进来，泪水在黑暗里飘散。

夏天木屋会映满了月亮，暗暗的青蓝色，角落里流着月亮。

　　我相信，有一天安宁会从海水里升起来的，披满了碎星，轻悄地走过沙滩，走进月亮，然后无声地站在我身旁。

　　人死后是有魂灵的，也许我们死了还会再回来，谁知道呢？也许在我安静的屋中，这时就有一个小灵魂坐在角落上。他用手撑着下巴，睁大了眼睛，看我进屋里，看我关门，看我推开窗子。

　　有一天，安宁必定会回来，带着静悄的光亮，像往日一样。

　　她一定会回来的，因为我这么喜欢她。

　　去年夏天。

　　夏天，海水像缎子一样光滑。轻轻的拍打声音，海鸥扇着翅膀的声音，天清亮的蓝声。所有都像音乐一样，静静地响着。我们在水里游了好久，然后跑回沙滩晒太阳，然后再回到水里，然后再回沙上。然后，然后……

　　我只记得黑烟草色的头发飘得远远的，耳边的沙，蓝天，静静地响。

　　有风的日子，海水在岸上滚花边。即使在这么寂寞的地方，除了我和天和水和岩石外，没有别的，世界的颜色还是那么丰富。亮丽的白色，亮丽的蓝色，黄色。

　　在深水的地方，鱼整群游着。我常看到一种，细长细长的，背上有条银线。它们安稳地游着，像是从水缝中溜了过去。

秋天来得细致，几乎叫我觉察不到。

海上的秋天，灰蓝色从远处缓缓升起，穿过水面，穿过天空，穿过有云的地方。

秋天的海空荡荡的，当我走在沙上时，脚下也是空的。我抬起脚来，落在什么地方？所有看起来都是一样，都在那里，都不在那里。

我不知道安宁要什么时候回来，我猜一定是这样的季节。她说过，她最喜欢这样的天气。

安宁的眼睛平常是深咖啡色，可是，当它们睁大了看着海水的时候，两眼溢满灰蓝。晚上，我从睡梦中醒来，常常发现它们在暗中闪着，那时候却成了又一种郁绿的光彩。它们的颜色神秘地变幻着。

每天，黑暗中，我听见海水唰唰的，缓慢而有节奏地拍着海岸。它在推一样东西，从久远的往古，到现在，继续推到永久。

一样渺然的东西，对每一个听到的人，会有不同的感觉。它并不回答，可是问的人，自己能找到答案。这时候，想它在算着我和安宁之间的距离。

晚上，它拍着拍着，缓慢的、有节奏的，像音乐响起前，默数着拍子一样。

拍着，拍着，然后音乐响起。拍着，拍着，然后有一天，安宁会从海水里升起，向我走来。

我在水中失去她，必定能在水中找到她。

一个明亮的黄昏。

海上的黄昏永远是悲剧。云燃烧，海燃烧，照在水面上无声无形的弥漫。天一半浅蓝，一半红，衔接的地方是大片大片浓丽的紫。海这么平稳，只能看见一些线条在弯曲扭动着。

可是绚丽的火焰就会被烟抹得模糊了。灰尘落了下来，慢慢慢慢降落在水面上，慢慢慢慢沉了下去。然后落得快些，快些，以后空中飘满灰色，海中沉满灰色，一阵落灰急速过去，熄灭了黄昏。

亲切的黑夜走来。

一个同样灿烂、悲剧、明亮的黄昏。

云很红，可是，比往常更要安静了。我听见昏黄燃烧的声音，秀气而又熟悉，从远处清晰地传到我的耳中。有些半路上就折断了，我听见碎裂的声音。

灰色的灰依旧降落，沉淀。可是脚下很空，就像秋天来了的感觉。海看起来这么空虚，黄昏已经熄了，夜晚还没有来——一段休止的时间。

我突然听见周围浮起微弱的声音，我搜索着，从地上飘起层层细丝，带了光彩。

在暧昧的灰色中，我看见一圈光辉，上升，上升，渐渐散在空中。

　　我看见一个白色细瘦的影子从水中缓缓地升上来，就像那圈光辉，在水上轻轻摇晃着。随了水波，轻轻晃动，晃动。在未来的黑暗中，我看见，那是安宁。

　　那是安宁。

　　她的头发落在肩后，风展开衣上的褶子，白色绸子和头发一起吹着、飘着，海在她身上晃着细碎的水光。

　　她的脸看起来很苍白，可是两颊映满方才黄昏的红彩。我可以清清楚楚看见，在郁绿未来前，她眼睛里的那一片深蓝色。它们依旧和往日一样，像玻璃般暗暗闪着。

　　几乎是半透明的，她漂在粼粼的水上。

　　我看见她手中拈了一根水草。

　　轻轻的声音已经没有。黑夜来得很快。慢慢洒在我和安宁的四周。她抬起手，手在昏暗里飘流着月光。

　　我走过沙滩，走进近水的地方，海是这么温和亲切。

　　水升到了我的腰，我舀起一手水，颜色透明。

　　我觉得胸中有温暖的压抑感觉，温暖继续增加着。

　　我走在软软的水中，水在耳旁轻声拍打着。那秀气的声音又起了，它在水里穿梭，带着成群的光亮。

　　安宁站在水上，手里草在漂浮，风里晃动了笑容。

　　温暖的压抑感从胸蔓延，从我的颈上升，在头上蔓延。我好像躺在大群松软的云里，云渐渐散开，围住了我的身体。

我看见绿色伸展着，从我眼前一直伸去。

黑暗的水。

安宁烟草色的头发。

此文 1965 年 5 月 19 日刊登在《中华日报》上，是我第一篇发表的小
说。很多年后跟松莱聊起它，说当时没留剪报，原稿不见了。松莱
拿出一张脆黄的原报页，"给你留着了。"

这里每篇都经过改动，除此篇以外；谨以青涩文字记志与松莱共度
的少年时光。

最后的壁垒

收集在这里的十五篇，从一九六五年写起，至此刻而不止，从时间上来说，实可称之为跨世纪。

《水灵》是第一篇发表的小说，和实验性较强，收录在另一本小说集[1]的三篇——《夏日　一街的木棉花》《青鸟》《连续的梦》——写在同一时，都属于文学少年的冒险，连篇名都透露着青春气息。

赴美攻读研究所，不久涉入北美保钓运动，文学暂止步，只写学术论文和学运杂文。前者训练文本资料等的收编解析能力，当时不爱，以后才明白了它对写作的助益；后者下笔很痛快，想要摆脱它却颇费了一番力气。

回来写小说已经离《水灵》过去了很多很多年。退出运动莫非是因为文学和政治无法妥协，缘由在别处解释过，

---

1 《应答的乡岸》，台北：洪范书店有限公司，一九九九年。

这里就不再重述。

重启小说之笔，很多精神都用在和学运文类"战报体"的纠缠上。这时间写的东西，凡揭橥历史、政治大势、社会脉络的，读来都很乏味，都不收在这里。历史是头猛兽，想用文学，特别是以小说形式，来驾驭或载负它，往往会牺牲了文学，辜负了历史。

为结集而整理旧作，深感到一路走来的蹒跚颠簸。很多硬写的地方令人报颜，多篇不得不从纲领到细节到字句反复地修理，修到了重写的地步——例如《亮羽鸪》《杰作》《似锦前程》《收回的拳头》《金合欢》。修不了的就索性放弃原文另起新文——例如《三月萤火》（原为《冬天的故事》）、《丛林》（原为《亮羽鸪》的第一部分）。

一切依赖电子和图素的今下，读和写的方式都不一样了，影音已经和文字分庭抗礼，如果还没有取代文字，生活和思维都在进行着本质的变化，小说的心和身随之也在变化中，种种呈现的问题，例如过滤资料的方式、处理记忆的手法、叙事的架构、文字的节奏等等，如果不想因循下去，势必要重新考量设计。本就是难度颇高的艺术形式，再次达到精神方面的强度而使人感动，愈发是项困难的工程。

而小说发展走到这会的一步，没有题材没给探究过，没有手法没给经营过，可说世界已无新事，妙计都已使尽，若以为还能翻弄出什么新面容，也是一厢情愿了。

曹雪芹、雨果、巴尔扎克、托尔斯泰、普鲁斯特、鲁迅、沈从文、吴尔芙、卡夫卡、福克纳等名字所光照的文学可以启蒙、启发、反叛、颠覆的黄金时代，早就过去了。

地平线颇暗淡。曾经是唯一的志业，如今是选择的一种；以前没有它就不行的，现在成为可有可无，用别的活动来替代也无妨。文学的高标伟志像星斗一样一件件陨落了。

然而在私我的层次上，对个人来说，它的功能和意义却始终不曾遗失或稀释过；如果文学依旧可以使人面对逆境，从生命的无奈中振作起精神，把日子好好地过下去，那么写小说，或者写作，就仍是一座坚守的壁垒，一道倔强的防线，一种不妥协或动摇的信念。

李渝创作·评论·翻译年表

1957

8 月 5 日发表《国之本在家》于《中国一周》"青年园地"

8 月 26 日发表《台风》于《中国一周》"青年园地"

11 月 11 日发表《秋》于《中国一周》"青年园地"

11 月 18 日发表《阳光》于《中国一周》"青年园地"

1958

1 月 13 日发表《母亲》于《中国一周》"青年园地"

3 月 10 日发表《年趣》于《中国一周》"青年园地"

8 月 25 日发表《川端桥畔》于《中国一周》"青年园地"

9 月 8 日发表《我的志愿》于《中国一周》"青年园地"

1964

6 月 30 日发表《四个连续的梦》于《现代文学》第 21 期，后收录于《应答的乡岸》

1965

5 月发表《夏日 满街的木棉花》于《文星》第 16 卷第 1 期总号 91 期；后易名为《夏日 一街的木棉花》，并收录于《应答的乡岸》《夏日踟躇》，以及被选入《黄昏·廊里的女人》（1969 年）

5月19日发表《水灵》于《中华日报》，后收录于《应答的乡岸》《九重葛与美少年》

6月发表《那朵迷路的云》于《幼狮文艺》第22卷第6期

6月30日发表《彩鸟》于《现代文学》第26期，后收录于《应答的乡岸》（作者自定完稿日期为6月15日）

8月19日发表《五月浅色的日子》于《联合报》第7版

1972

10月发表《台北故乡》于《东风杂志》第2期，后收录于《应答的乡岸》

1973

3月发表《〈桂蓉媳妇〉演出的话》，后收录于李渝、简义明编《郭松棻文集：保钓卷》（2005年11月）；为庆祝三八妇女节在纽约曼哈顿演出《桂蓉媳妇》，本文由当时节目单上的文字改写

6月发表《在海外推展话剧运动是时候了》于《东风杂志》第3期，后收录于李渝、简义明编《郭松棻文集：保钓卷》

6月发表《雨后春花》于《东风杂志》第3期，后收录于李渝、简义明编《郭松棻文集：保钓卷》

1976

3月以笔名李元泽发表译作《超级画商》于《雄狮美术》第61期（文章译自1975年10月26日 Richard Blodgett 刊于 *The New York Times* 的一篇评论）

11月以笔名李元泽发表《反对新写实主义的李斯利》于《雄狮

美术》第 69 期；后易名为《反照相写实的写实主义——美国画家李斯利》，并收录于《族群意识与卓越风格：李渝美术评论文集》

1977

5 月以笔名李元泽发表《版画中的近代中国》于《雄狮美术》第 75 期

7 月以笔名李元泽发表《从山水到人物——中国后期人物画的现实精神》于《艺术家》第 26 期；后易名为《从山水到人物——清初绘画中的"正统"和"歧邪"》，并收录于《族群意识与卓越风格：李渝美术评论文集》

9 月以笔名李元泽发表《七十年代回看抽象水墨画》于《雄狮美术》第 79 期

1978

1 月发表《市民画家任伯年》于《雄狮美术》第 83 期，后收录于《任伯年——清末的市民画家》

2 月出版《任伯年——清末的市民画家》，台北：雄狮图书股份有限公司（1985 年修订再版）

3 月发表《中国传统绘画中的女性形象》于《雄狮美术》第 85 期；后易名为《丰腴和纤弱——中国古代绘画中的女性形象》，并收录于《族群意识与卓越风格：李渝美术评论文集》

3 月以笔名李元泽发表《歌唱的时代——西方电影的新型妇女》于《雄狮美术》第 85 期

1980

3月发表《返乡——再见纯子》于《现代文学》复刊第 10 期，后被选入柯庆明编《现代文学精选集·小说（Ⅲ）》（2012 年 4 月）

9月以笔名李元泽发表译作《温室里的前卫艺术——纽约“现代美术馆”建馆五十周年的反省》于《雄狮美术》第 115 期，后收录于《族群意识与卓越风格：李渝美术评论文集》（文章译自 1979 年 11 月 Hilton Kramer 刊于 *The New York Times* 的一篇评论）

1981

3月发表《关河萧索》于《中报杂志》第 14 期，后收录于《应答的乡岸》，作者自定完稿日期为 1980 年冬日，以及被选入李黎编《海外华人作家小说选》（1983 年 12 月）

3月出版译作《现代画是什么？》，台北：雄狮图书股份有限公司

4月发表《唯美和现实——评“泼水节——生命的赞歌”兼评文革后中国绘画》于《雄狮美术》第 122 期，后收录于《族群意识与卓越风格：李渝美术评论文集》

9月发表《记纽约大都会美术馆艾斯特庭园及狄伦画廊》于《雄狮美术》第 127 期，亦刊于《新土杂志》；后易名为《都会中的一方宁静——纽约大都会博物馆的艾斯特庭园》，并收录于《族群意识与卓越风格：李渝美术评论文集》

9月发表译作《附译——狄伦画廊和艾斯特庭园》于《雄狮美术》第 127 期，亦刊于《新土杂志》；后收录于《族群意识与卓越风格：李渝美术评论文集》（文章译自 1981 年 6 月 5 日 Hilton Kramer 刊于 *The New York Times* 的一篇评论）

12月发表加州大学柏克莱分校博士论文 The Figure Paintings

of Jen Po-nien(1840—1896): The Emergence of a Popular Style in Late Chinese Painting

1982

7 月发表《从俄国到中国——中国现代绘画里的民族主义和先进风格》于《雄狮美术》第 137 期，后收录于《族群意识与卓越风格：李渝美术评论文集》

1983

3 月 5 日发表《华盛顿广场》于《中国时报·人间副刊》

3 月 8 日发表《女明星·女演员》于《中国时报·人间副刊》"异乡人"专栏

4 月发表《让艺术史的江河向前流去：〈任伯年——清末的市民画家〉自评》于《雄狮美术》第 146 期，后收录于《族群意识与卓越风格：李渝美术评论文集》

4 月 4 日发表《五个东欧妇人》于《中国时报·人间副刊》

4 月 28 日发表《女性的故事》于《中国时报·人间副刊》"异乡人"专栏

5 月 22 日发表《金合欢》于《中国时报·人间副刊》，8 月 1 日另刊于《七十年代》，后收录于《九重葛与美少年》

6 月发表《本土文化和外来文化影响》于《雄狮美术》第 148 期；后易名为《贝聿铭和香山饭店》，并收录于《族群意识与卓越风格：李渝美术评论文集》

6 月 9 日发表《并非败者》于《中国时报·人间副刊》

6 月 26 日发表《人世的绘画，历史的绘画》于《中国时报·人

间副刊》"异乡人"专栏

7、8 月以笔名李元泽发表编译《"新欧洲"画家》于《雄狮美术》第 149、150 期，后收录于《族群意识与卓越风格：李渝美术评论文集》（文章译自 1983 年 4 月 24 日 John Russell 刊于 *The New York Times* 的一篇评论；而在《雄狮美术》第 150 期的"新欧洲绘画专辑"中，虽也编译了法国、瑞典、西班牙与比利时的新绘画，但书中未收录这部分）

7 月发表《我们期待已久——"新欧洲绘画"的出现》于《雄狮美术》第 149 期

9 月 19 日发表《童年虽然"愚骏"，也永远存在——评影片〈城南旧事〉》于《中国时报·人间副刊》，10 月 1 日另刊于《七十年代》

10 月 2 日至 4 日发表《江行初雪》于《中国时报·人间副刊》，荣获该年中国时报甄选小说首奖；后收录于《应答的乡岸》，以及被选入梅家玲、郝誉翔编《小说读本·上》（2002 年 8 月）

11 月 10 日发表《重逢》于《中国时报·人间副刊》"异乡人"专栏

1984

1 月 30 日至 31 日发表《烟花——温州街的故事》于《中国时报·人间副刊》；后收录于《温州街的故事》，以及被选入聂华苓编《台湾中短篇小说选》（1984 年）

3 月 25 日发表《让文学提升政治·让文学归于文学——"江行初雪"不是政治宣言》于《中国时报·人间副刊》，后收录于《应答的乡岸》

8月发表《就画论画——〈中国绘画史〉译序》于《雄狮美术》第162期；后收录于译作《中国绘画史》，以及被选入兰静思编《海外华人散文精粹・下》（1995年4月）

9月1日发表《走的人多了，也便成了路——看〈半边人〉》于《九十年代》

9月2日发表《又荒唐・又苍凉——从马奎兹到台湾乡土文学》于《中国时报・人间副刊》

9月12日发表《观点与风格——光辉的中国文人传统》于《中国时报・人间副刊》"异乡人"专栏

10月出版译作《中国绘画史》，台北：雄狮图书股份有限公司；后易名为《图说中国绘画史》，北京：生活・读书・新知三联书店，2014年4月

11月发表《豪杰们》于《联合文学》"短篇小说风云六家"第1卷第1期创刊号，亦在同月9日搭配夏志清评论文《真正的豪杰们》刊于《联合报・联合副刊》，后收录于《应答的乡岸》

1985

1月31日发表《翻译并非次等事》于《中国时报・人间副刊》"异乡人"专栏

2月9日发表《朵云》于《中国时报・人间副刊》"温州街的故事"专栏；后收录于《温州街的故事》《夏日踟躇》，以及被选入梅家玲编《弹子王》（2006年1月）

2月16日发表《模仿与独创》于《中国时报・人间副刊》"异乡人"专栏

6月10日完稿《菩提树》，后被选入杨佳娴编《台湾成长小说

选》（2004 年 10 月）

11 月 24 日发表《从前有一片防风林》于《中国时报·人间副刊》，后收录于《应答的乡岸》

1986

1 月 5 日至 7 日发表《夜琴》于《中国时报·人间副刊》"温州街的故事"专栏；后收录于《温州街的故事》《夏日踟躇》，以及被选入季季编《七十五年短篇小说选》（1987 年 3 月），王德威编《典律的生成——年度小说选三十年精选》（1998 年 4 月），王德威、黄锦树编《原乡人：族群的故事》（2004 年 11 月）

5 月 11 日发表《娜拉的选择》于《中国时报·人间副刊》

5 月 18 日发表《花式跳水者》于《联合报·联合副刊》；后收录于《应答的乡岸》，以及被选入王渝编《世界华文微型小说名家名作丛编（欧美卷）》（1996 年）

5 月 25 日发表《疗愈的手，飞起来》于《中国时报·人间副刊》"温州街的故事"专栏，后收录于《温州街的故事》

8 月发表《童年和童年的失落——影片〈童年往事〉看了以后所想起的》于《当代》第 4 期

12 月发表《童年的再失落——电影评论的多元性》于《当代》第 8 期

1987

3 月发表《明灯》于《联合文学》第 3 卷第 5 期总号 29 期，讨论画家余承尧；后节录部分文章，易名为《独立的艺术家》，并收录于《族群意识与卓越风格：李渝美术评论文集》

5月23日至6月1日发表《她穿了一件水红色的衣服》于《中国时报・人间副刊》，连载十回，后收录于《温州街的故事》

9月30日发表《诚意山水・情意山水》于《中国时报・人间副刊》"观余承尧先生画作"，10月另刊于《雄狮美术》第200期"本期焦点：余承尧作品赏析"；曾被选入《余承尧的世界》，台北：雄狮图书股份有限公司，1988年；后易名为《纵逸山水》，并收录于《族群意识与卓越风格：李渝美术评论文集》

10月2日至3日发表《寻找一种叙述方式》于《中国时报・人间副刊》，后以《小说推荐奖——雷骧〈矢之志〉评审意见》为题被收入陈怡真编《昆虫纪事——第十届时报文学奖得奖作品集》（1987年12月）

10月14日发表《叙述观点新奇的小说》于《中国时报・人间副刊》，后以《小说优等奖——苔青〈在兽医的桌旁〉评审意见》为题被收入陈怡真编《昆虫纪事——第十届时报文学奖得奖作品集》（1987年12月）

12月7日至8日发表《索漠之旅》于《自立晚报・副刊》，连载两回，后被选入柏杨编《是龙还是虫——一九八七台湾现实批判》（1988年3月）

1988

4月19日至20日发表《檐雨》于《中国时报・人间副刊》"当代华文女作家短篇小说大展"

8月21日发表《郎静山先生・父亲・和文化财》于《中国时报・人间副刊》，后收录于《温州街的故事》

9月19日发表《月印万川——再识沈从文》于《中国时报・人

间副刊》

10 月 18 日至 19 日发表《宫闱电影的联想——历史和个人》于《联合报·联合副刊》

1989

1 月发表《绘画是种不休止的介入——谈余承尧山水》于《当代》第 33 期，后收录于《族群意识与卓越风格：李渝美术评论文集》

2 月发表《梦的王国梁山泊——女性和梦在"水浒"里的位置》于《联合文学》第 5 卷第 4 期总号 52 期

2 月发表《梦归呼兰——谈萧红的叙述风格》于《女性人》创刊号（李渝为刊物编辑委员会的一员）

12 月完稿《夜煦——一个爱情故事》；后收录于《温州街的故事》，以及被选入马森、赵毅衡编《潮来的时候——台湾及海外作家新潮小说选》（1992 年），本选集后说明此作完成于 1989 年 12 月

1990

2 月 27 日，发表《炼狱进出》于《中国时报·人间副刊》；后易名为《地狱天使——英国画家法兰西斯·培根》，并收录于《行动中的艺术家：美术文集》

6 月发表《民族主义·集体活动·自由心灵》于《雄狮美术》第 232 期，后收录于《族群意识与卓越风格：李渝美术评论文集》

6 月 7 日至 12 日发表《冬天的故事》于《联合报·联合副刊》，连载六回，后改写为《三月萤火》

1991

1月发表《八杰公司——温州街的故事》于《联合报·联合副刊》，后收录于《应答的乡岸》《夏日踟躇》（虽表记为"温州街的故事"，但后未收录于《温州街的故事》）

2月13日发表《台静农先生·父亲和温州街》于《中国时报·人间副刊》，后收录于《温州街的故事》

4月6日发表《简谈"阳关"》于《中国时报·人间副刊》"三岸互评"

6月发表《从墨西哥到中国台湾——文化入侵、弱势风格的压制和复兴》于《雄狮美术》第244期，后收录于《族群意识与卓越风格：李渝美术评论文集》

8月发表《失去的庭园》于《联合文学》第7卷第10期总号82期，后收录于《九重葛与美少年》

9月出版《温州街的故事》，台北：洪范书店有限公司；获选《联合文学》策划专题"八十年度十大文学好书（作家票选）"第6名；《联合文学》为这十大好书分别找了评论者撰文述介，见黄碧端《在迷津中造境——评李渝的〈温州街的故事〉》，《联合文学》第8卷第4期总号88期（1992年2月）

11月15日发表《多一点想象力就多一些传奇》于《中国时报·开卷专刊》"书的体温"，推介葛兆光《想象力的世界》

11月28日发表《葛蒂玛的〈朱利的族人〉和她对"女作家"的看法》于《中国时报·人间副刊》

1992

4月25日发表《水流上的软木栓——抗议和不抗议的艺术》于

《中国时报·人间副刊》，后收录于《族群意识与卓越风格：李渝美术评论文集》

8月23日发表《追忆似水年华》于《中国时报·人间副刊》"散文的创造·名家联展"系列，后被选入痖弦编《散文的创造——联副名家散文选》（1994年）

10月26日发表《礼物》于《联合报·联合副刊》

1993

2月23日至3月17日发表《无岸之河》于《中国时报·人间副刊》，连载共十九回，后收录于《应答的乡岸》《夏日踟蹰》，以及被选入陈义芝编《八十二年短篇小说选》（1994年）

7月发表《鹏鸟的飞行——余承尧山水》于《雄狮美术》第269期，亦刊于《中国时报·人间副刊》；后易名为《鹏鸟的飞行》，并收录于《族群意识与卓越风格：李渝美术评论文集》

7月16日发表《颜色和声音》于《联合报·联合副刊》"夏日读红楼梦"专栏，后收录于《拾花入梦记：李渝读红楼梦》

7月26日发表《不道德的小说家》于《联合报·联合副刊》"夏日读红楼梦"专栏，后收录于《拾花入梦记：李渝读红楼梦》

8月8日发表《翻译比创作更重要》于《中国时报·人间副刊》

8月14日发表《女性的语声》于《联合报·联合副刊》"夏日读红楼梦"专栏，后收录于《拾花入梦记：李渝读红楼梦》

8月15日发表《守护着的姐妹们》于《联合报·联合副刊》，后收录于《拾花入梦记：李渝读红楼梦》

8月17日发表《精秀的女儿们》于《联合报·联合副刊》"夏日读红楼梦"专栏，后收录于《拾花入梦记：李渝读红楼梦》

9月28日发表《男性的女性化》于《联合报·联合副刊》，后收录于《拾花入梦记：李渝读红楼梦》

10月20日发表《梦幻和仪式：红楼梦的神话结构》于《联合报·联合副刊》，后收录于《拾花入梦记：李渝读红楼梦》

12月30日发表《红楼梦探赏》于《联合报·联合副刊》，刊有《少年和老年同体》《探春和南方》《梦中的醒者，成年的代号——贾政》三文，后收录于《拾花入梦记：李渝读红楼梦》

1994

2月17日发表《兼美》于《联合报·联合副刊》"红楼梦探赏"，后收录于《拾花入梦记：李渝读红楼梦》

1995

1月2日发表《文艺失忆史》于《中国时报·人间副刊》

2月13日至14日发表《当海洋接触城市》于《联合报·联合副刊》，后收录于《夏日踟躇》

5月8日至9日发表《来自伊甸园的消息——女动物学家和猩猩的故事》于《中国时报·人间副刊》

8月9日至11日发表《踟躇之谷》于《联合报·联合副刊》；后易名为《踟躇之谷》，并收录于《夏日踟躇》，以及被选入齐邦媛、王德威编《最后的黄埔：老兵与离散的故事》（2004年2月）

9月14日发表《跋扈的自恋——张爱玲》于《中国时报·人间副刊》"纪念张爱玲辞世"专题

1996

7月2日至7日发表《寻找新娘》于《中国时报·人间副刊》，连载六回，后收录于《夏日踟蹰》，集中另有一篇《寻找新娘（二写）》

9月9日发表《保钓和"文革"》于《中国时报·人间副刊》

1997

发表《沈从文——边城文魄》（此为雷骧导演的"作家身影"系列第9集的文稿）

3月发表《号手》于《中外文学》专辑"歧径花园：短篇小说十二家新作暨评论展（上）"，第25卷第10期总号298期（搭配黄碧端评论文《叙事的矛盾和失落的号声——我看〈号手〉》），后收录于《夏日踟蹰》

4月25日发表《情爱豪艳》于《中国时报·人间副刊》

5月20日至22日发表《呼唤美丽言语》于《联合报·联合副刊》，连载三回

1999

2月23日发表《忘忧》于《联合报·联合副刊》

4月出版《应答的乡岸——小说二集》，台北：洪范书店有限公司

4月11日发表《风定》于《联合报·联合副刊》

6月14日发表《庄严》于《联合报·联合副刊》

9、10月发表《金丝猿的故事》（节录）于《联合文学》第15卷第11、12期，总号179、180期，后收录于《金丝猿的故事》

11 月 21 日发表《煽情——英国青年艺术家》于《世界日报・世界副刊》，后收录于《行动中的艺术家：美术文集》

12 月发表《弘一》于《今天》，后收录于《行动中的艺术家：美术文集》

2000

1 月 11 日发表《内航——克劳卡杭、玛雅德芮、辛蒂雪曼》于《世界日报・世界副刊》，后收录于《行动中的艺术家：美术文集》

3 月 4 日至 5 日发表《虚实——传宋人〈溪岸图〉》于《世界日报・世界副刊》，连载两回，后收录于《行动中的艺术家：美术文集》

10 月出版《金丝猿的故事》，台北：联合文学出版社（2012 年 8 月修订再版）

2001

10 月出版《族群意识与卓越风格：李渝美术评论文集》，台北：雄狮图书股份有限公司

12 月 11 日发表《给纽约》于《联合报・联合副刊》

2002

1 月 3 日至 4 日发表《梦的共和国》于《联合报・联合副刊》，连载两回，讨论画家、小说家舒兹

5 月出版《夏日踟躇》，台北：麦田出版社

10 月发表《被遗忘的族类》于《联合文学》第 18 卷第 12 期总号 216 期

2003

5月18日发表《艺术家参战》于《自由时报·自由副刊》，讨论画家马奈，后收录于《行动中的艺术家：美术文集》

5月22日至6月6日发表《提梦》于《联合报·联合副刊》，连载十六回，后收录于《贤明时代》

7月发表《光阴忧郁——赵无极作品一九六〇至一九七二》于《艺术家》第57卷第1期总号338期，后收录于《行动中的艺术家：美术文集》

10月发表《和平时光》于《印刻文学生活志》第2期"十月小说"，后收录于《贤明时代》

2004

3月18日至19日发表《构造乌托邦》于《自由时报·自由副刊》，讨论画家马列维奇，后收录于《行动中的艺术家：美术文集》

5月14日至15日发表《似锦前程——温州街的故事》于《联合报·联合副刊》"联副小说特区"，后收录于《九重葛与美少年》

6月发表《日光女子》于《印刻文学生活志》第10期；后易名为《日光静好——维梅尔》，并收录于《行动中的艺术家：美术文集》

6月发表《美人和野兽——张学良的幽禁／悠静生活》于《明报月刊》第39卷第6期总号462期

7月发表《父与女——抑郁的陈布雷与叛逆的陈琏》于《明报月刊》第39卷第7期总号463期

8月发表《戒爱不戒色——张爱玲与她笔下人物》于《明报月刊》第39卷第8期总号464期

9月发表《在莽林里搭建乌托邦——中国才子瞿秋白》于《明报月刊》第 39 卷第 9 期总号 465 期

10月发表《以浪漫的自豪走过历史桥梁——梁思成和林徽因找寻中国古建筑》于《明报月刊》第 39 卷第 10 期总号 466 期

2005

3月 14日至 15日发表《抖抖擞擞过日子——夏志清教授和〈中国现代小说史〉》于《"中央"日报·"中央"副刊》，连载两回，后被选入姚嘉为编《亦侠亦狂一书生：夏志清先生纪念集》（2014年 12月）

3月 25日发表《二枕记》于《联合报·联合副刊》，讨论画家陈澄波，后收录于《行动中的艺术家：美术文集》

4月 12日至 13日发表《悄吟和三郎——萧红与萧军的情爱和文学生活》于《"中央"日报·"中央"副刊》，连载两回

7月出版《贤明时代》，台北：麦田出版社

8月发表《创作无疆界》于《明报月刊》第 40 卷第 8 期总号 476 期

8月 19日至 20日发表《收回的拳头》于《联合报·联合副刊》"联副小说特区"，2008 年 6月 26日另刊于《世界日报·世界副刊》，后收录于《九重葛与美少年》

2006

7月发表《漂流的意愿，航行的意志》于《明报月刊》第 41 卷第 7 期总号 487 期

12月 20日发表《六时之静》于《联合报·联合副刊》"联副小

说特区"

2007

7月3日发表《交脚菩萨》于《联合报·联合副刊》

9月4日发表《故宫案》于《联合报·联合副刊》

9月26日发表《写作外一章——怎么活过来的?》于《联合报·联合副刊》

12月21日发表《饲虎》于《联合报·联合副刊》

2008

7月22日发表访谈稿《在体制中迂回前行——专访新生小学校长刘美娥》于《台湾立报》

8月8日发表《胖妹,你在哪里?》于《联合报·联合副刊》"参观故宫"

8月30日发表《永春》于《联合报·联合副刊》;本文为张错著《雍容似汝——陶瓷、青铜、绘画荟萃》(2008年9月)一书的序,亦在10月刊于《艺术家》第67卷第4期总号401期

9月9日发表《美艳校长》于《中国时报·人间副刊》

10月发表 Summer 1961;英译郭松棻小说集 *Running Mother and Other Stories*(2009)的前言,李渝亦参与了部分小说的英译工作

11月发表《春深回家》,收录于柯庆明编《台大八十,我的青春梦》

2009

3月15日至16日发表《离散和团圆——圆明园铜兔、鼠二首索归事件》于《联合报·联合副刊》，连载两回，后收录于《行动中的艺术家：美术文集》

5月14日发表《美好时代》于《中国时报·人间副刊》"怀念高信疆"

8月26日至27日发表《亮羽鹄》于《联合报·联合副刊》，连载两回；10月25日至27日另刊于《世界日报·世界副刊》；本文前半部另启为小说《丛林》，并共同收录于《九重葛与美少年》

9月出版《行动中的艺术家：美术文集》，台北：艺术家出版社

9月12日发表《抒情时刻》于《联合报·联合副刊》，收录于《行动中的艺术家：美术文集》

2010

3月发表《梦里花儿落多少——红楼梦里的童年和成长》于《文讯》第293期，后收录于《拾花入梦记：李渝读红楼梦》

4月5日发表《富春山居图》于《联合报·联合副刊》

7月发表《待鹤》于《印刻文学生活志》第6卷第11期总号83期；后收录于《九重葛与美少年》，以及被选入郭强生编《九十九年小说选》（2011年3月）

10月19日至20日发表《贾政不做梦》于《中国时报·人间副刊》，后收录于《拾花入梦记：李渝读红楼梦》

10月24日发表《我想看到的是——花博测展观后》于《联合报·联合副刊》

2011

1 月 28 日发表《战后少年》于《联合报·联合副刊》

4 月出版《拾花入梦记：李渝读红楼梦》，新北：印刻文学

4 月发表《岸上风云——〈溪岸图〉鉴别事件揭实》于《印刻文学生活志》第 7 卷第 8 期总号 92 期

5 月 24 日发表《重获金铃子——向聂华苓老师致敬》于《中国时报·人间副刊》（本文为李渝在同年 5 月 16 日台大聂华苓学术研讨会的发言）

2012

3 月发表《给明天的芳草》于《印刻文学生活志》第 8 卷第 7 期总号 103 期，后收录于《九重葛与美少年》

3 月 29 日发表《倡人仿生》于《联合报·联合副刊》，4 月 18 日另刊于《世界日报·世界副刊》，后收录于《九重葛与美少年》

6 月 25 日发表《为〈文讯〉着急》于《中国时报·人间副刊》

7 月发表《誊文者后记》，收录于郭松棻《惊婚》

10 月发表《三月萤火》于《印刻文学生活志》第 9 卷第 2 期总号 110 期，后收录于《九重葛与美少年》

12 月 30 日至 31 日发表《建筑师阿比》于《联合报·联合副刊》，连载两回；2013 年 2 月 12 日至 16 日另刊于《世界日报·世界副刊》；后收录于《九重葛与美少年》

2013

2 月发表《夜渡》于《短篇小说》第 5 期，后收录于《九重葛与美少年》

4月2日至3日发表《海豚之歌》于《中国时报·人间副刊》，后收录于《九重葛与美少年》

6月出版《九重葛与美少年——李渝小说十五篇》，新北：印刻文学；荣获第38届金鼎奖图书类出版奖文学图书奖，亦入围2014年台北国际书展大奖（小说类）

2014

2月26日发表《敬念高居翰老师》于《中国时报·人间副刊》

2015

11月发表《编者前言》，收录于李渝、简义明编《郭松棻文集：哲学卷》

11月发表《编者前言》，收录于李渝、简义明编《郭松棻文集：保钓卷》

11月发表《射雕回看》，收录于李渝、简义明编《郭松棻文集：保钓卷》（本文由《保钓和"文革"》一文增写而来）

2016

11月《那朵迷路的云：李渝文集》出版，梅家玲、钟秩维、杨富闵编，台北：台大出版中心

★台湾大学文学院博士后研究员钟秩维整理

图书在版编目（CIP）数据

九重葛与美少年 / (美) 李渝著. -- 北京：九州出
版社，2020.11
ISBN 978-7-5108-9299-8

Ⅰ. ①九… Ⅱ. ①李… Ⅲ. ①短篇小说－小说集－美
国－现代 Ⅳ. ①I712.45

中国版本图书馆CIP数据核字(2020)第126012号

著作权合同登记号：01-2020-5403

九重葛与美少年

作　者	李　渝　著
责任编辑	周　春
出版发行	九州出版社
地　址	北京市西城区阜外大街甲35号（100037）
发行电话	（010）68992190/3/5/6
网　址	www.jiuzhoupress.com
印　刷	北京汇林印务有限公司
开　本	880 毫米 × 1194 毫米　　32 开
印　张	9
字　数	158 千字
版　次	2021 年 9 月第 1 版
印　次	2021 年 9 月第 1 次印刷
书　号	ISBN 978-7-5108-9299-8
定　价	48.00元